Goldmann
Rote KRIMI

D1931812

Von Pat Flower
sind außerdem im Wilhelm Goldmann Verlag erschienen:

Wachsblumen für Gloria. 4171
Eine Rose weniger. 4178
Terror bei Nacht. 4230
Spinne im Netz. 4281
Lächeln mußt du. 4288
Noras Sofa. 4432
Am Ende wartet der Tod. 4513
Das Gift heißt Verlangen. 4547
Reiner Wein kann bitter sein. 4609

PAT FLOWER

Phantome und Schatten

SHADOW SHOW

Kriminalroman

WILHELM GOLDMANN VERLAG MÜNCHEN

KRIMI VERLAG AG WOLLERAU/SCHWEIZ

Die Hauptpersonen des Romans sind:

Richard Ross	Angestellter der Southern International, wird in einen Mordfall verwickelt
Laura Ross	seine Frau
Wilfred Merrett	Generaldirektor der Southern International
Cosgrove	Außenstellenkoordinator, überschreitet seine Befugnisse
Slocombe	unglücklicher Vater, der seinen Sohn auf tragische Weise verliert
James Hale	eine zwielichtige Gestalt
Helen Danby	Lauras beste Freundin
Inspektor Forrest	Kriminalbeamter

Der Roman spielt in Sydney, Australien.

Made in Germany · I · 1110
© 1976 by Pat Flower. Ins Deutsche übertragen von Mechtild Sandberg. Alle Rechte, auch die der fotomechanischen Wiedergabe, vorbehalten. Jeder Nachdruck bedarf der Genehmigung des Verlages. Umschlagentwurf: Ilsegard Reiner. Umschlagfoto: Bildarchiv Marion Schweitzer. Satz: IBV Lichtsatz KG, Berlin. Druck: Presse-Druck Augsburg. K 1077/KRIMI 4650 · AP/ho
Taschenbuchausgabe ISBN 3-442-04650-5
Gebundene Ausgabe ISBN 3-442-26077-9

I

Richard war fünf Minuten zu früh in Cosgroves Straße in Bondi. Er hatte es eilig, die Sache hinter sich zu bringen. Er erkannte den Wohnblock am Namen, Monterey, nicht nach Cosgroves Beschreibung; es waren noch andere Blocks da, die in seinen Augen genauso aussahen. Sechs Wohnungen in einem eckigen Kasten, zwei in jedem Stockwerk. Cosgrove hatte Nr. 2 im Erdgeschoß. In den nach vorn gelegenen Fenstern beider Wohnungen brannte Licht. Richard parkte so nahe wie möglich, etwa drei Wagen entfernt. Er wartete. Er wollte Cosgrove nicht darüber lächeln sehen, daß er zu früh daran war. Er stieg aus, ging zum Eingang, trat ein. Dunkel gebeizte Holztäfelung, an der Decke eine trübe Kugellampe, grauer Teppich. Die Wohnungstüren befanden sich der Haustür gegenüber, Nr. 2 rechts.

Richard klingelte. Nichts geschah. Cosgrove hatte 20 Uhr 30 gesagt, und es war 20 Uhr 32. Richard klingelte noch zweimal. Die Tür war aus dem gleichen dunkel gebeizten Holz. Oben waren zwei Preßglasscheiben eingesetzt. Nichts regte sich, nichts war zu hören. Richard ging auf die Straße hinaus. Das Licht in Cosgroves Fenster sollte vielleicht nur Einbrecher abschrecken. Doch Cosgrove hatte Richard für 20 Uhr 30 bestellt; folglich müßte Cosgrove auch da sein. Richard setzte sich in seinen Wagen und zündete sich eine Zigarette an. Dann ließ er kurz entschlossen den Motor an und fuhr um den Block herum.

Seine innere Unruhe hatte mehrere Gründe. Er mochte Cosgrove nicht und traute ihm nicht. Sie hatten nichts gemein, außer daß sie bei derselben Firma angestellt waren. Seine eigene Verwicklung in die Geschichte war ihm nicht recht; so harmlos sie war, sie bürdete ihm Verantwortung auf und die Notwendigkeit, Unpopuläres zu tun. Und sogar in diesem Umfang fühlte er sich beschmutzt. Er sagte sich, daß er gegenüber Cosgrove vorsichtig sein müsse, damit dieser ihn nicht noch tiefer hineinziehen, ihn vielleicht sogar in eine gesetzeswidrige Situation drängen werde. Cosgrove sagte, die Abmachung sei getroffen, und es handele sich um normale Geschäftsbräuche. Auf den ersten Blick sah es aus, als wäre alles in Ordnung; was Richard unruhig gemacht hatte, war das bittere, ungläubige Lächeln auf dem Gesicht des Shipton-Repräsentanten gewesen, als Richard sagte, es täte ihm leid, daß die Firma Shipton den Vertrag nicht wieder bekommen hatte. Cosgrove witzelte über Richards Vorsicht und meinte seine Ehrlichkeit. Cosgrove hatte ihn hingehalten und gesagt, man lebe eben in einer Welt, wo die cleveren Geschäftsleute die dicksten Früchte ernten. ›Keine Sorge, Kumpel‹, hatte er gesagt, ›ich erzähl' Ihnen das alles später.‹ Das war vor einer Woche gewesen, und jeden Tag war Cosgrove ihm ausgewichen. Es war für Richard eine Erleichterung, daß er nicht gebunden war. Ganz gleich, wie die Erklärung ausfallen würde, und sein Instinkt warnte ihn, daß da dunkle Sachen warteten, er würde Cosgrove eine Absage geben. Er würde ihm sagen, er müsse die Sache zur ordnungsgemäßen Untersuchung melden. Cosgroves Lachen, das ihm verächtlich erschienen war, hatte ihm nicht gefallen.

Und Laura – es gab keinen Zweifel daran, was Laura sagen würde. Sie würde genau wie er vor jedem Hauch von Korruption zurückschrecken. Laura hatte nichts gegen Erfolg, aber sie schätzte nur den, der mit ehrlichem Verdienst errungen war. Laura hielt nichts von Etiketten und Titeln; sie nahm seinen akademischen Grad in Betriebswirtschaft als etwas hin, was er eben besaß, genau wie seine Brille und seine Körpergröße. Innere Werte zählten für Laura. Ein- oder zweimal hatte er gemeint, sie grolle ihm wegen seiner Stellung in der Firma, die nicht das war, was sie hätte sein können. Doch das war es nicht. Sein echter Mangel, das wußte er, war Julies Tod. Das war der Makel, den Laura in Richard sah, der Grund für ihre enttäuschte Abkapselung. Gerade wegen seines eigenen Schuldgefühls hatte er manchmal den Eindruck, Laura sähe in ihm das Symbol aller menschlichen Fehlbarkeit.

Er war wieder in Cosgroves Straße. Er parkte wieder an derselben Stelle, und diesmal fiel ihm ein Datsun auf wie der seine, auch hellgrau wie der seine. Er war leer und stand auf der anderen Straßenseite. Richard stieg aus und ging ins Foyer und drückte wieder auf Cosgroves Klingel. Cosgrove hatte kein Recht, ihn so lange warten zu lassen.

Richard ging hinaus. Ein hochgewachsener Mann, der es offenbar sehr eilig hatte, tauchte von irgendwo hinter ihm auf und rannte über die Straße. Richard starrte ihm nach, ging zu seinem eigenen Wagen und sah zu, wie der andere Datsun davonschoß. Er würde Cosgrove noch fünf Minuten geben.

Er schlenderte die Straße entlang. Augenblicklich hatte er das Gefühl, verfolgt zu werden. Er drehte den Kopf. Ein Mann hinter ihm beschleunigte den Schritt.

»He! Sie!« rief der Mann.

Richard ging schneller. Der Mann rannte jetzt, rief wieder, fluchte. Richard begann ebenfalls zu laufen. Er kam sich lächerlich vor. Er rannte um die Ecke. Das Gartentor zu einem Bungalow stand offen. Richard sprang hindurch und in den Schutz üppiger Oleanderbüsche. Der Räuber war offensichtlich hinter einem gutgekleideten Opfer her, das Rufen nur ein Trick. Nun, sollte er sich einen anderen Dummen suchen. Er wartete einige Minuten, dann schlich er vorsichtig zum Tor und blickte die Straße hinauf und hinunter. Nirgends eine Spur von einem Mann.

Richard ging um die Ecke und schritt zum Monterey zurück, jeden Moment auf einen Überfall gefaßt. Nichts geschah. Er starrte auf das Apartmenthaus, bedrückt. Er hatte beschlossen, daß er gleich am folgenden Morgen Merrett seine Zweifel mitteilen würde, wenn Cosgrove immer noch nicht dasein sollte. Nicht Adams, seinem direkten Vorgesetzten. Merrett war der Generaldirektor der Firma, und Richard bewunderte ihn ungeheuer. Merrett würde Korruption niemals dulden. Für sein Zögern, das eine Woche gedauert hatte, wollte Richard ehrlich den wahren Grund angeben: sein Widerstreben, einen Kollegen in etwas hineinzuziehen, was zweifellos nur ein isolierter Fall war. Und doch hatte er das Gefühl, daß es sich hier nicht um einen isolierten Fall handelte, sondern daß dieser Fall Teil eines ganzen durchorganisierten Betrugssystems war.

Cosgrove war da. Das strahlende Lächeln.

»Hereinspaziert, Richie. Besser spät als nie.«

Durch die Wohnungstür trat man direkt ins Wohnzimmer.

»Ich war nicht zu spät dran«, sagte Richard.

»Nein, ich«, versetzte Cosgrove. »Tut mir leid. Ich hab' mit einem Freund gegessen und gar nicht auf die Zeit geachtet. Da ist ein Sessel.«

Richard blieb stehen. »Ich klingle seit fünf vor halb neun bei Ihnen. Das war Ihre letzte Chance. Sogar von einem Räuber bin ich gejagt worden, als ich draußen herumwanderte.«

Cosgrove lachte wie über einen Witz.

»Whisky, Kumpel?«

»Nein, danke.«

Cosgrove ging zu einem Barwagen beim Fenster und goß sich einen starken ein. Das Zimmer verstärkte Richards Bedrücktheit. Beigefarbene Tapeten, ein Teppich in der gleichen Farbe, dunkelfleckig von vergossenen Drinks, eine etwas dunklere dreisitzige Garnitur mit schwärzlich fettglänzenden Flecken da, wo der Kopf ruhte, ein Tisch, auf dem sich unordentlich Zeitungen und Zeitschriften stapelten. Beigefarbene Gardinen mit großen, orangeleuchtenden Blumen.

»Setzen Sie sich doch, Junge.«

Richard hockte sich auf den Rand eines Sessels. Cosgrove räkelte sich in den anderen und steckte sich eine Zigarre an. Mit schlaffen Lippen lächelte er durch den Rauch und wartete.

»Sie sagten, Sie würden es mir erklären«, bemerkte Richard.

Cosgrove zuckte die Achseln. »Was gibt's da groß zu erklären, Kumpel? Boniface hat den Vertrag bekommen.«

»Warum?« Richard zündete sich eine Zigarette an, während er

die Augen auf Cosgrove gerichtet hielt. »Wie? Ich verstehe es ebensowenig wie Porter oder Shipton selbst. Sie arbeiten seit Jahren mit uns zusammen, waren immer zuverlässig, und jetzt läßt man sie wegen einer Firma fallen, deren Ruf nicht allzu gut ist.«

»Wen interessiert der Ruf, alter Junge? Sie haben die Ware zu besseren Bedingungen.«

Cosgroves Lachen machte Richard wütend.

»Und Bestechungsgelder dazu?«

»Für einen gelernten Betriebswirt sind Sie nicht sehr sachlich, Kumpel.«

»Vor ungefähr zwei Jahren wurde Boniface wegen minderwertiger Qualität verwarnt.«

»Pah! Das hat nicht mal die Presse auf die Beine gebracht. Was ist schon ein halber Pfirsich weniger pro Dose?« Cosgrove trank einen Schluck und machte es sich wieder bequem.

»Und das ist die Ware, mit der wir handeln?«

»Überseeaufträge, alter Junge.«

Richard bohrte weiter. »Und die besseren Bedingungen kommen den überseeischen Auftraggebern zugute?«

»Soll das ein Witz sein?« fragte Cosgrove.

»Ist es nur eine Lieferung?«

»Soll das ein Witz sein?« Die Wiederholung war beleidigend. Cosgrove hielt seine Erklärung für ausreichend. Sein Lächeln erschien Richard herablassend.

Richard drückte seine Zigarette in einem Aschenbecher mit einem winzigen Tower von London aus. Er hatte das Gefühl zu ersticken.

»Kopf hoch, Richie, Sie kriegen Ihren Anteil.«

Richard war völlig verdattert. »Was für einen Anteil?«

»Tun Sie doch nicht so.«

»Sie scheinen mich nicht zu verstehen«, sagte Richard zähneknirschend. »Das muß gemeldet werden.«

Jetzt lächelte Cosgrove nicht mehr.

»Da haben Sie aber ein bißchen lange gewartet, finden Sie nicht?«

»Was soll das heißen?«

Cosgrove stand auf und trat zu einem kleinen Schreibtisch. Er zog eine Schublade auf, nahm einen braunen Umschlag heraus und warf ihn Richard zu, als er zu seinem Sessel zurückkehrte.

»Da!« Er lächelte wieder.

Der Umschlag fiel zu Boden. Richard ließ ihn liegen.

»Was ist das?«

»Kohlen für Sie.«

In seinem Zorn sprang Richard auf.

»Ich nehme keinen Anteil.«

Cosgrove lachte von seinem Sessel aus.

»Zweihundert als erste Anzahlung. Das ist nicht von schlechten Eltern, Kumpel.«

Cosgrove fiel ihm auf die Nerven.

»Und wenn Sie zweitausend sagen, lautet die Antwort immer noch nein.«

Cosgrove hatte keinerlei Erklärung abgegeben. Unschlüssig stand Richard da. Er konnte Cosgrove nicht ansehen. Nur um etwas zu tun zu haben, zog er eine Zigarette heraus.

»Da steckt was dahinter, Kumpel.«

Richard wurde kalt. Es war also eine groß angelegte Operation, wie er gefürchtet hatte. Dann war es besser, sich alles anzuhören, wenn Cosgrove reden wollte. Richard setzte sich wieder und sah Cosgrove an. Er zündete seine Zigarette an.

»Es ist bestens organisiert«, sagte Cosgrove lächelnd.

Er wirkte unbekümmert und lässig, doch Richard hatte das Gefühl, daß er ihn aufmerksam beobachtete. Er hörte zu, während Cosgrove von der Größe des Unternehmens sprach, von dem Netzwerk beteiligter Firmen, die alle versessen darauf waren, sich überseeische Märkte zu sichern. Keine Namen. Er selbst, erklärte er mit Behagen, stünde an der Spitze, er koordiniere die Lieferanten mit den überseeischen Käufern. Das stimmt, dachte Richard niedergeschmettert. Cosgroves offizieller Titel bei der Southern International lautete Leiter der Außenstellenkoordinierung. Cosgrove hatte die Hand am Drücker.

»Sie wissen das alles schon seit einer Woche, Kumpel«, sagte Cosgrove.

Richard starrte ihn an.

»Man wird wissen wollen, warum Sie gewartet haben, glauben Sie nicht? Vielleicht wollten Sie nur einen höheren Anteil herausschinden.«

Richard war zu zornig, um klar zu denken.

»Ich glaube, mein Ruf wird da Garantie genug sein.«

»Einen Ruf kann man sich leicht erwerben.« Ihre Augen begegneten einander. Richard fühlte sich angewidert von Cosgroves lächelnder Unverschämtheit. Cosgrove fügte hinzu: »Überlassen Sie das Kopfzerbrechen den Leuten, die dafür da sind, Kumpel. Den Bullen. Nehmen Sie Ihren Anteil, und lassen Sie sich's gutgehen.«

Wenn er ein Verbrecher wäre, dann wäre der Anteil nicht hoch genug. Der Umschlag lag noch auf dem Boden. Cosgrove würde mit Genuß zusehen, wenn Richard sich danach bückte. Doch er war kein Verbrecher. Die Tatsache, daß Cosgrove es für selbstverständlich hielt, ihn bestechen zu können, war eine Beschmutzung all dessen, woran er glaubte, ein Angriff auf seine Selbstachtung. Kein Geldbetrag wäre groß genug, um ihn für einen solchen Verlust zu entschädigen. Lassen Sie sich's gutgehen, hatte Cosgrove gesagt. Cosgrove verachtete ihn. Richard war körperlich übel.

»Und was soll ich für meinen Anteil tun?« fragte er zornbebend.

»Den Mund halten.« Cosgrove stand mit seinem Glas auf und machte einen Abstecher zu Richard, um ihm auf die Schulter zu klopfen. Vom Barwagen her sagte er mit einem Lächeln: »Lassen sie doch das zimperliche Getue. Das wirkt ziemlich unecht.«

Richard zitterte vor Abscheu und Zorn. Er drückte seine Zigarette zwischen Daumen und Zeigefinger aus. Der stechende kleine Schmerz half.

»Zum Teufel mit Ihrem Anteil«, sagte er leise und hart.

Cosgrove räkelte sich wieder in seinem Sessel. Sein Ton war liebenswürdig. »Überschlafen Sie's, Kumpel. Morgen sieht alles anders aus.«

Cosgrove hatte lange, lackierte Fingernägel, eine seltsame Manier, wenn man seine sonstige Erscheinung betrachtete. Richard riß seinen Blick von Cosgroves Hand, die das Glas hielt. Er stand auf. Er fühlte sich alt. Cosgrove stand ebenfalls auf. Er lächelte. Mit der freien Hand nahm er Richards Arm, doch Richard entzog sich der Berührung.

Cosgrove folgte ihm zur Wohnungstür.

»Ich bin froh, daß wir mal miteinander geredet haben. Es war an der Zeit, Sie ins Bild zu setzen.« Er öffnete die Tür. »Ihr Anteil liegt für Sie bereit, morgen, jederzeit.«

Richard trat ins Foyer. Die Tür zu Nr. 1 stand offen. Von drinnen kamen Stimmen.

Cosgrove sagte: »Läuft alles wie am Schnürchen, alter Junge. Tschüs.«

Richard hörte, wie die Tür geschlossen wurde, während er auf die Straße hinaustrat. Morgen würde er mit Merrett sprechen. Merrett würde verstehen, warum er gewartet hatte. Er sah einen Streifenwagen mit blinkendem Warnlicht auf der Straße stehen. Er setzte sich in seinen Datsun und fuhr nach Hause.

Es ärgerte ihn, daß Cosgrove ihn Richie nannte. Nicht die Verkleinerungsform störte ihn, sondern daß Cosgrove ihn so nannte. Er konnte Cosgrove nicht Athol nennen. Er nannte ihn nie bei irgendeinem Namen, höchstens manchmal Mr. Cosgrove, wenn der Anlaß es erforderte. In der Firma wurde Cosgrove heimlich Kabeljau genannt. Er hatte auch wirklich ein großes, weichliches, fleischiges Gesicht mit schlaffen Lippen, dazu blasse, starre Fischaugen. Neue Kleider wirkten an seinem fetten, schwabbeligen Körper sofort alt. Das zu lange Haar von der Farbe feuchten Strohs fiel in fettigen Strähnen um sein Gesicht und in seinen Kragen. Doch Cosgrove war, so unansehnlich er wirkte, ein eitler Mensch. An seiner linken Hand trug er zwei breite goldene Ringe mit je einem großen Granat. Richard erinnerte sich, daß Cosgrove vor etwa zwei, drei Jahren seinen vierzigsten Geburtstag gehabt hatte.

Leiter der Außenstellenkoordinierung – ein hochtrabender Titel. Im wesentlichen bedeutete es, daß Cosgrove die direkte, tägliche Kontrolle über das Wer, Was und Wo hatte. Solange der Warenfluß kontinuierlich zunahm, stellten die Firmenchefs Cosgrove keine Fragen. Er kam viel herum. Ein korrupter Mensch mit einer Witterung für Leute seines Schlages hatte zahlreiche Gelegenheiten, hier und dort ein dunkles Geschäft zu machen und darauf eine gutfunktionierende Schwindelorganisation aufzubauen. Die Firma war eine weltweite Vertriebsorganisation für Nahrungsmittelexporte. Sie belieferte auch UN-Verteilerstellen, die unter Regierungsaufsicht standen. Bisher hatte Richard sich über die Lieferungen keine Gedanken gemacht. Jetzt erkannte er plötzlich die Problematik: Hier wurden dringend gebrauchte Lebensmittel von verfälschter und minderwertiger Qualität versandt.

Laura hatte ihm die Außenbeleuchtung eingeschaltet, wie immer. Er schaltete sie aus, nachdem er den Wagen geparkt hatte. Im Flur und oben im Gang brannte Licht. Sonst war alles dunkel. Laura ging immer früh zu Bett, wenn sie nichts vorhatten.

Richard ging ins Bad. Er kam sich schmutzig vor, wie Cosgroves Wohnzimmer. Ein Blick in den Spiegel beruhigte ihn. Er sah aus wie immer: schmales Gesicht, dunkles Haar, braune Augen – die hinter der Brille mit den schmalen, braunen Rändern trügerisch milde wirkten. Er war glattrasiert, trug einen dunkelgrauen Anzug, einen dunkelblauen Schlips und hatte ein Gesicht, an dem nichts Auffallendes war. Er war groß, ungefähr einsfünfundachtzig und schlank. Ein netter, sympathischer Mensch. An diesem Abend fühlte er sich älter als 32.

Ein seltsamer Abend war das heute. Der Mann, der ihn verfolgt hatte – ob er wohl ein anderes Opfer gefunden hatte? Und Cosgrove: Richard war zu ihm gegangen, weil er sich Beschwichtigung seiner Zweifel erhofft hatte; statt dessen hatte er eine Bestätigung seiner Befürchtungen erhalten und das Angebot einer ersten Zahlung für sein stillschweigendes Einverständnis. Nun, morgen würde er Cosgrove los sein.

»Bist du das, Richard?«

Richard lächelte. Es belustigte ihn immer, wenn Laura diese Frage stellte. Erwartete sie, daß ein Einbrecher sagen würde: ›Nein, Liebes, ich bin es?‹

Sie begegneten sich im Flur vor dem Schlafzimmer.

»Habe ich dich geweckt?« fragte Richard.

»Nein, ich habe gelesen.« Ihr glattes, braunes Haar hing lose herunter. Tagsüber trug sie es in einem Knoten. »Du siehst sehr müde aus«, fügte sie hinzu.

»Nichts Besonderes.« Richard lächelte. »Nur eine kleine Sache im Geschäft.«

Nachdem er geduscht hatte, gab er ihr einen flüchtigen Gute-Nacht-Kuß und stieg in sein Bett. Jeder lag in seinem eigenen Bett. Sie hatten zwar ein gemeinsames Schlafzimmer, schliefen aber nur noch ab und zu miteinander. Laura hatte Julies Zimmer so gelassen, wie es vor vier Jahren gewesen war, als Julie starb: ein ständiger, stummer Vorwurf gegen Richard.

2

Am folgenden Morgen aß Richard wie immer zuerst seine gekochten Dörrpflaumen, danach ein weiches Ei und eine Scheibe Toast. Zum Tee las er dann die Morgenzeitung.

Laura schenkte ihm die zweite Tasse Tee ein, und Richard blätterte die Zeitung um. ›Mord in Bondi‹, las er. Zu jeder anderen Zeit hätte er die kleine Sensationsmeldung übersprungen, um sich in den Wirtschaftsteil zu vertiefen. Nur weil er am vergangenen Abend in Bondi gewesen war, las er die Notiz. Der Artikel war so bestürzend, daß Richard die Zeitung höher hob, um sein Gesicht vor Laura zu verbergen.

Kurz nach 20 Uhr 30, hieß es da, wurde hinter dem Monterey, einem Apartmenthaus unweit der Hall Street, ein junger Mann tot aufgefunden. Der Junge, Ian Slocombe, 19 Jahre alt, Physikstudent, wurde von seinem Vater entdeckt, der annahm, sein Sohn sei niedergeschlagen worden, als er einen Einbrecher stellen wollte, der aus der Nachbarwohnung floh. Slocombe Senior, der nach draußen eilte, als sein Sohn rief, verfolgte unverzüglich den Täter, der, den Unschuldigen spielend –

Richard drehte sich seitlich und legte die gefaltete Zeitung auf seine Knie. Er stützte den linken Ellbogen auf den Tisch, um sein Gesicht vor Laura zu verstecken.

– den Tatort verlassen hatte. Slocombe rief den Mann an, worauf dieser flüchtete und verschwand. Slocombe kehrte zu seinem Sohn zurück und entdeckte erst jetzt, daß dieser tot war. Er alarmierte die Polizei. Seiner Beschreibung zufolge handelte es sich bei dem Täter um einen hochgewachsenen, schlanken Mann mit Brille, gut angezogen. Slocombe, der selbst einen Lieferwagen fuhr, meinte, ein hellgrauer Personenwagen, der in der Nähe des Apartmenthauses stand, könne dem Mörder gehört haben; als er die Polizeibeamten hinausbegleitet hatte, war ihm aufgefallen, daß der Wagen nicht mehr dastand. Über das Modell des Wagens konnte er nichts sagen.

Ort, Zeit, Beschreibung – alles paßte auf Richard.

»Ist etwas, Richard?«

»Nein, nein, Liebes, nur – die üblichen unerfreulichen Nachrichten.« Er spürte ihr ruhiges, uninteressiertes Lächeln. Laura verschwendete keine Zeit an Weltprobleme.

Nun, wenn man wirklich zu ihm kommen sollte, dachte er, konnte er alles erklären. Und Cosgrove konnte es bestätigen.

»Du hast doch nicht vergessen, daß wir heute abend bei den Allens zum Essen eingeladen sind?«

»Nein, Liebes, natürlich nicht.« Er hatte es vergessen.

»Die Cavanaghs kommen auch. Zwischen halb acht und acht. Komm bitte nicht zu spät, Richard.«

»Nein, Liebes.«

Weil er die Zeitung immer mitzunehmen pflegte, nahm er sie auch diesmal mit. Er fragte sich, ob Cosgrove die Meldung gelesen hatte.

Er brauchte nicht zu warten. Cosgrove war in seinem Büro, ganz versessen darauf, ihm die Neuigkeit mitzuteilen.

»Mensch, alter Junge, haben Sie's gelesen? Ich hab' die ganze Nacht die Polizei auf dem Hals gehabt – richtig durch die Mangel gedreht haben sie mich. Der Einbrecher kam offenbar aus meiner Wohnung. Haben Sie's gelesen?«

Richard nickte. Seine Knie schlotterten, doch wenn er sich setzte, würde er Cosgrove auffordern müssen, sich ebenfalls zu setzen, und das wollte er nicht.

»Das Fenster vom Eßzimmer, das ich als so 'ne Art Büro benütze, haben sie aufgebrochen. Mensch, die haben aber auch alles nach Fingerabdrücken abgesucht, auch im Wohnzimmer, wo wir waren. Und der Junge von nebenan ist tot, der arme Hund. Wahrscheinlich ist er dem Burschen in die Quere gekommen, und der verlor die Nerven. Der Vater hat den Kerl verfolgt: großer, schlanker Mann mit Brille. Die Polizisten haben mich gefragt, ob ich eine solche Person kenne. Ja, hab' ich gesagt, aber der kann's nicht gewesen sein. Und außerdem, hab' ich gesagt, paßt die Beschreibung auf Tausende.«

Das Gefühl der Beklemmung, das Richard spürte, war schlimmer als der erste Schock. Er mußte zur gleichen Zeit mit dem Einbrecher dort gewesen sein, ehe Cosgrove nach Hause gekommen war. Groß und schlank, Brille, das Auto, Slocombes Bericht über die Verfolgungsjagd – unglaublich, dieses Zusammentreffen. Richard fiel plötzlich der andere Mann ein, der, groß und schlank wie er selbst, aus dem Haus gerannt war, nachdem Richard das zweitemal vergeblich bei Cosgrove geklingelt hatte. Er war über die Straße gelaufen zu einem hellgrauen Datsun, dem gleichen Modell wie Richards Wagen. Und er war davongefahren, kurz ehe Richard von dem vermeintlichen Räuber gejagt wurde. Man brauchte nur diesen Mann zu finden, dann hatte man den Einbrecher und Mörder.

»Fühlen Sie sich nicht wohl, Kumpel?«

»Doch, doch. Es ist nur – bestürzend.«

»Das ist milde ausgedrückt. – Haben Sie was dagegen, wenn ich mich setze?«

Richard deutete auf einen Stuhl und setzte sich auf seinen eigenen hinter dem Schreibtisch.

»Wollen Sie Ihren Hut heute auflassen?«

Cosgrove machte sich gern darüber lustig, daß Richard einen Hut und kurzgeschnittenes Haar trug. Damit war Richard in seinen Augen als Spießer abgestempelt, doch Richard war das gleich. Es ärgerte ihn aber, daß Cosgrove ihn ertappt und seine Unruhe bemerkt hatte. Richard nahm den Hut ab und legte ihn auf den Schreibtisch.

»Sie wollten wissen, was ich tat und wo ich war«, berichtete Cosgrove. »Ich hab' ihnen gesagt, daß ich zum Essen aus war. Ich esse immer auswärts. – Und daß ich das Licht immer brennen lasse. Sie wollten wissen, ob mir was aufgefallen wäre, als ich heimkam, Unordnung oder so was. Ich sagte nein, ich hätte mir in dem Moment nur Sorgen gemacht, daß ich mich verspätet haben könnte, weil ich einen Gast erwartete. Natürlich wollten sie gleich wissen, wen ich erwartet hätte, aber ich hab' erklärt, dazu würde ich lieber nichts sagen.«

Und damit hast du alles nur noch schlimmer gemacht, dachte Richard.

»Später haben sie mich gefragt, ob was fehlt. Aber es war alles da. Kein Stück hat gefehlt. Das hab' ich ihnen auch gesagt.«

Richard erkannte, daß dies für ihn schlecht war, doch er sagte nichts zu Cosgrove.

»Sie wollten unbedingt wissen, wen ich erwartet hätte. Ich sagte, das täte überhaupt nichts zur Sache, weil er ja gar nicht gekommen wäre. Sie bohrten trotzdem weiter, da sagte ich rundheraus, ich würde nicht jemanden in die Sache reinziehen, der nicht mal an Ort und Stelle war.«

Etwas an Cosgroves tugendhaftem Gebaren warnte Richard. Er traute Cosgrove nicht. Eigentlich hatte er Cosgrove von dem anderen Mann erzählen wollen. Doch er tat es nicht.

»Und was passiert jetzt?« fragte er.

Cosgrove stand gähnend auf. »Was jetzt passiert, ist, daß ich einen Whisky brauche. Kommen Sie mit?«

»Nein«, erwiderte Richard. »Ich meinte die Polizei.«

An der Tür zuckte Cosgrove die Achseln.

»Die werden wahrscheinlich nach dem geheimnisvollen Unbekannten fahnden. Bis später, Kumpel.« Er ging.

Richard stützte den Kopf in die Hände. Er konnte das alles noch nicht recht fassen, obwohl er die Falle, in die er da geraten war, ganz klar erkannte. Die Angst davor wirkte lähmend.

Er rappelte sich hoch und legte seinen Hut in den Garderobeschrank. Als er wieder am Schreibtisch saß, sah er die Termine für den Tag durch, überlegte, welche er verschieben konnte. Zwei interne Besprechungen, die nicht dringend waren. Der Nachmittag war ausgebucht. Merrett hatte eine Besprechung angesetzt. Merrett! Richard griff zum Telefon, hielt inne, legte den Hörer wieder auf.

Er konnte Merrett jetzt nichts mehr sagen. Wenn er Merrett von den unsauberen Verträgen berichtete, mußte dabei unweigerlich herauskommen, daß er am Abend zuvor bei Cosgrove gewesen war. Merrett würde darauf bestehen, alle Einzelheiten zu erfahren. Selbst wenn es Richard gelang, Cosgroves Namen herauszuhalten, Porter, der Repräsentant von Shipton, würde das nicht tun, wenn die Untersuchung erst einmal angelaufen war. Cosgrove würde daraufhin natürlich alles daransetzen, um sich aus der Affäre zu ziehen, und Richard konnte ihn nur der Lüge überführen, indem er von seinem Besuch in Cosgroves Wohnung berichtete und damit zugab, zur Tatzeit am Tatort gewesen zu sein.

Hätte er doch gleich den Mund aufgemacht, statt eine Woche lang auf Cosgroves Erklärung zu warten, dann brauchte er jetzt nichts zu fürchten. Aber so... Würde Merrett ihm glauben, wenn er die ganze Geschichte hörte? Die Polizei glaubte ihm bestimmt nicht. Und sicherlich auch Slocombe nicht, der meinte, den Einbrecher und Mörder gejagt zu haben. Was Cosgrove anging, so würde der selbstverständlich nur an sich selbst denken. Cosgrove wußte, daß Richard unschuldig war. Aber am Abend zuvor, als sie über die Verträge debattierten, da hatte Cosgrove gesagt: ›Sie wissen es seit einer Woche, Kumpel – die werden wissen wollen, warum Sie so lange gewartet haben, meinen Sie nicht?‹ Sein Benehmen war unverschämt, und er hatte gedroht. Aber warum hatte er der Polizei erklärt, sein Besuch sei nicht gekommen? Um Richard zu decken? Oder um ihn auf lange Sicht tiefer in den Schlamassel hineinzuziehen, sein Schweigen zu den unsauberen Verträgen zu erpressen?

Seine Sekretärin kam herein.

»Guten Morgen, Mr. Ross. Sie wollten die Zusammenfassungen für das letzte Quartal machen.«

Sie wartete, die hübsche, immer höfliche Miss Forsyth. Sie wußte natürlich von Cosgroves ungewohnt frühem Besuch. Sie würde sich darüber Gedanken machen, aber nichts sagen.

»Ja, danke, Miss Forsyth. Ich habe die Unterlagen hier. Ziemliches Durcheinander.«

»Wir werden es schon schaffen«, sagte die tüchtige Miss Forsyth.

Richard lächelte und war ihr dankbar dafür, daß sie ihn ablenkte.

Der Rest des Morgens verging schnell. Miss Forsyth war eine zuverlässige, ruhige Hilfe, die Arbeit eine erlösende Ablenkung. Miss Forsyth war nicht nur hübsch anzusehen, sie behielt auch immer ihren klaren Kopf.

Punkt zwei Uhr betrat Richard Merretts Büro; dennoch waren andere schon vor ihm da. Wilfred Merrett ließ man nicht warten. Er hatte etwas Bedrohliches an sich, das schwer zu definieren war. Verbindlich, mit einem raschen Lächeln, nicht groß, beleibt, stets tadellos gekleidet. Blondes Haar, rundes Gesicht, hellblaue Augen, die an Glasperlen erinnerten. Er sprach gerade mit Simpson, die fleischige Hand auf Simpsons linealgeradem Rücken. Nur Cosgrove verspätete sich manchmal; doch das wurde ihm aufgrund der Natur seiner Arbeit verziehen.

Richard hielt sich respektvoll hinter Adams, der wie immer in Statistiken vertieft war. Er war ein dürrer, zerstreuter Mensch, 45 Jahre alt; doch er sah älter aus als Merrett mit seinen 61. Niemals hätte sich Richard mit seinem Problem an ihn gewandt. Er hätte höchstens ›Blödsinn‹ gesagt und sich wieder in seine Zahlen vertieft. Richard war Adams' rechte Hand. Adams verließ sich auf ihn. Aber Richard empfand für ihn nichts als verächtliches Mitleid.

Waren es Merretts lächelnde Selbstsicherheit und überströmende Freundlichkeit, der Blick seiner blassen blauen Augen, die ihm dieses Air der Bedrohlichkeit verliehen? Vielleicht war es das Lächeln selbst. Sie wußten alle, welche Männer Merrett verachtete: Adams zum Beispiel, den Italiener Carducci und einen nervösen Abteilungsleiter namens Mason. Nicht daß Merrett sie kurz abgefertigt hätte, aber eine kaum merkliche Wandlung vollzog sich mit seinem Lächeln, wenn er mit ihnen sprach; die Freundlichkeit wich, nur ein Zähneblecken blieb.

Cosgrove kam 29 Minuten zu spät. Mit whiskymildem Lächeln, einer prallvollen Aktentasche und einem übertriebenen Zwinkern zu Richard hin trat er ein. Er setzte sich an seinen Platz zwischen Holroyd und Simpson an den runden Tisch. Die acht wichtigsten Männer der Firma waren da; sich selbst zählte Richard nicht dazu.

Richard, der eine wahre Meisterschaft darin entwickelt hatte, bei solchen Firmenbesprechungen auf höchster Ebene nur solche Informationen zu registrieren, die für Adams von Bedeutung waren, lauschte an diesem Tag aufmerksam jedem Wort, das gesprochen wurde, beobachtete scharf jeden Sprecher, um sich keine Doppelzüngigkeit, kein noch so verstohlenes Nicken entgehen zu lassen. Doch alles war offen und klar: Überseekredite, ein Bericht für ein Ministerium, erhöhter Bedarf in einigen Gebieten, sinkender in anderen. Entweder hatte Cosgrove ihn belogen, als er von einer groß angelegten Organisation gesprochen hatte, oder aber die dunklen Geschäfte wurden hinter verschlossenen Türen gemacht.

Unvermittelt fiel Richard ein, was Cosgrove am Abend zuvor zu ihm gesagt hatte: ›Morgen sieht alles anders aus.‹ Wenn Cosgrove gewußt hätte, was sich ereignen würde, hätte er keine treffendere Gute-Nacht-Drohung wählen können. Richard erkannte jetzt, daß er den ganzen Tag voll innerer Spannung auf die Polizei gewartet hatte. Es schien ihm wahrscheinlich, daß man Cosgroves Verbindung zu dem Verbrechen nachgehen würde. Durfte er hoffen, daß man eine Spur zu jenem anderen Mann gefunden hatte, Richards Ebenbild?

Als die Besprechung vorüber war, ging Richard zu Adams, um einer Begegnung mit Cosgrove auszuweichen. Er holte seinen Hut und fuhr nach Hause.

Er kam früh heim. Laura war erfreut. Sie hatte sich schon angezogen, wirkte streng, aber sehr schön mit ihrem glatten, dunklen Haar, dem langen blauen Rock und der weißen Bluse.

Die Allens wohnten in der Nähe. Jack war etwa vierzig und Geschichtslehrer an einer höheren Schule. Seinen politischen Ansichten nach gehörte er zur extremen Linken. Alle größeren Industrieunternehmen, einschließlich Richards Firma, waren für ihn ›die verdammte Ausbeuterbande‹. Thelma Allen war Mitte Dreißig, klein, mit vollem, blondem Haar. Sie arbeitete in einem Fotoatelier. Sie unterstützte Jacks Ansichten nie, aber sie widersprach ihnen auch nicht. Wenn Jack wieder einmal sämtliche Weltprobleme gelöst hatte, ging sie merkwürdigerweise als die Klügere von beiden aus der Diskussion hervor. Kinder hatten die Allens nicht, weil Jack sich weigerte, die kapitalistische Gesellschaft dadurch zu unterstützen.

Die Cavanaghs waren schon da und lauschten bereits gebannt Jacks Tiraden. Auf ihre ruhige Art begrüßte Thelma Laura und Richard, holte ihnen etwas zu trinken und zog ihnen Sessel heran, um den Zuhörerkreis Jacks zu vergrößern.

Richard wußte, was Jack sagte und hörte nicht zu. Jack brauchte zum Dozieren nur ein paar aufmerksame Gesichter. Richard beneidete sie alle an diesem Abend. Lin Cavanagh zum Beispiel hätte sich in dieses Dilemma, in dem Richard nun saß, gar nicht hineinmanövrieren lassen; Lin, ruhig, aber direkt, hätte sofort gehandelt. Ebenso Jack Allen, wenn auch vielleicht aus anderen Motiven. Thelma hätte sich gar nicht erst für so etwas interessiert. Sally Cavanagh hätte es überall herumerzählt und mit einem Lachen abgetan.

Selbst Laura beneidete er. Seit Julies Tod suchte Laura Trost in der Religion; doch schon zu Beginn ihrer Bekanntschaft, als Laura noch als Sozialhelferin arbeitete, hatte sie die Fähigkeit besessen, sich durch Kleinigkeiten nicht aus der Ruhe bringen zu lassen. Sie kannte weder seine Vorsicht, die kritische Analyse, die jede Entscheidung zur Qual werden ließ, noch seine nachfolgende Unsicherheit. Richard hätte handeln müssen. Statt dessen hatte er sich damit begnügt, Cosgrove zu fragen, und Cosgrove hatte ihn eine Woche lang hingehalten. Und jetzt saß er in der Falle, weil er gezögert hatte.

»Richard, du hörst ja gar nicht zu«, sagte Laura. »Jack hat dich etwas gefragt.«

»Entschuldige, Jack!«

»Ich hab' gefragt, ob euer Zeug auch nach Indien exportiert wird«, wiederholte Jack. Er hatte dem Wein stark zugesprochen und wirkte angriffslustig.

»Je nachdem, ob es gebraucht wird«, antwortete Richard leichthin.

»Natürlich«, versetzte Jack in befriedigtem Ton, seine Ansichten bestätigt zu sehen.

Sally lenkte mit einer Anekdote über Henry, ihren ältesten Sohn ab.

Nach Cosgroves Bericht hatte die Polizei die ganze Wohnung auf Fingerabdrücke untersucht. Richard versuchte, sich seines Tuns in Cosgroves Wohnung zu erinnern. Er hatte es wegen des Schmutzes vermieden, etwas anzufassen. Nicht einmal die Armlehne des Sessels, in dem er mit Widerwillen gesessen hatte, hatte er berührt. Er wußte, daß er auch den Umschlag mit dem Geld nicht angefaßt hatte.

Nach dem Essen gingen sie ins Wohnzimmer, um Kaffee zu trinken. Als Thelma das zweitemal einschenken wollte, stand Laura auf.

»Ich glaube, es ist besser, ich nehme ihn mit nach Hause«, sagte sie lächelnd.

Richard hatte sie doch enttäuscht und mit seiner Ungeselligkeit den guten Anfang, den er mit seinem frühen Heimkommen gemacht hatte, wieder verpatzt. Er war unglücklich darüber. Doch auf keinen Fall konnte er Laura etwas von der gräßlichen Situation sagen, in der er sich befand. Laura würde ihm allein die Schuld daran geben, daß es soweit gekommen war. Alles, was er tat, sah sie im Licht von Julies Tod: er reagierte langsam bei Gefahr, und das war in Lauras Augen verbrecherische Nachlässigkeit.

3

Richard war am nächsten Morgen einige Minuten zu früh im Büro; doch Miss Forsyth war schon da.

»Sie haben nach Ihrem Wagen gefragt, Mr. Ross. Nur nach Modell und Farbe. Ich hätte es ihnen sagen können, aber sie wollten es von Ihnen hören. Sie werden später wiederkommen.« Die Sekretärin bemerkte seinen Gesichtsausdruck und fügte hinzu: »Sie fragen alle, nicht nur Sie.«

»Aha. Danke, Miss Forsyth.« Er lächelte und öffnete die Tür zu seinem Zimmer.

»Es ist die Polizei, Mr. Ross. Wegen des Einbruchs bei Mr. Cosgrove.«

»Danke, Miss Forsyth.«

Diesmal entkam er ihr und schloß die Tür. Ihm schwirrte der

Kopf. Das kam zu plötzlich, er war nicht vorbereitet. Er hätte fragen müssen, wer sich nach seinem Wagen erkundigt hatte. Miss Forsyth hatte ihm bestimmt angesehen, daß er fürchtete, man interessiere sich ausschließlich für *seinen* Wagen.

Er setzte sich an den Schreibtisch, zündete sich eine Zigarette an und begann zu arbeiten. Das gewohnte Einerlei beruhigte ihn. Jetzt konnte er der Polizei gegenübertreten, es hinter sich bringen.

Er erwartete sie jeden Augenblick. Doch die Zeit dehnte sich ins Unendliche. Wenn die Herren endlich kämen, würde er ganz offen sein und zugeben, daß er an Ort und Stelle war. Er wollte ihnen zeigen, daß ihm selbst viel daran lag, die Sache erledigt zu wissen. Aus irgendeinem Grund hatte er das Bedürfnis, eine Zigarette in der Hand zu haben, wenn sie kamen. Vielleicht war das eine Sache des Selbstvertrauens.

Doch es dauerte mehr als zwei Stunden, ehe sie erschienen – ein Kriminalbeamter und ein Beamter in Uniform. Er hatte gerade keine Zigarette in der Hand, und der Aschenbecher vor ihm quoll über von Stummeln. Der Aschenbecher wurde in Richards Vorstellung ein schreiendes Zeichen der Schuld.

Er stand auf, um sie zu begrüßen. Nein, sie wollten sich gar nicht erst setzen; es würde nicht lange dauern.

Der Kriminalbeamte führte das Wort. Er hieß Franks. Er ließ seinen dunkelgrünen Filzhut auf.

»Mr. Ross«, sagte er, »es handelt sich um den Einbruch bei Mr. Cosgrove. Sie haben doch davon gehört?«

Richard holte Atem. »Mr. Cosgrove erzählte uns, daß bei ihm eingebrochen wurde. Er sagte aber, es wurde nichts gestohlen.«

»So. Was für einen Wagen fahren Sie, Mr. Ross? Bitte, setzen Sie sich doch.«

Richard setzte sich und bedauerte es augenblicklich. Doch nun saß er und mußte zu ihnen aufblicken.

»Einen Datsun vierundsiebzig.«

»Aha. Und die Farbe, Mr. Ross?«

»Hellgrau.«

»Ja«, sagte Franks.

»Körpergröße stimmt auch«, bemerkte der uniformierte Beamte mit gesenkter Stimme.

Aber, dachte Richard, hätte er sich nicht des Wagens entledigt, ihn zumindest in einer anderen Farbe spritzen lassen, wenn er schuldig wäre? Erwies nicht die Tatsache, daß er noch immer einen hellgrauen Datsun fuhr, seine Unschuld? Wieder verspürte er das beinahe überwältigende Bedürfnis, den Stier bei den Hörnern zu packen, ihnen die ganze Geschichte zu erzählen, ihnen zu sagen, daß sie ja nur den anderen Mann zu finden brauchten.

»Tragen Sie Handschuhe, Mr. Ross?«

»Nein.« Richard zündete sich eine Zigarette an, und Franks blickte auf den Aschenbecher.

»Und wenn es kalt ist?«

»Nein, nie. Ich habe gar keine Handschuhe.«

»Der Einbrecher trug welche«, bemerkte Franks.

Richard sagte nichts. Er empfand Abneigung gegen die beiden Männer.

»Hier fährt noch jemand einen hellgrauen Datsun, wußten Sie das, Mr. Ross?«

»Nein.«

Franks warf einen Blick in sein Notizbuch.

»Ein gewisser Clegg, klein und dick.« Der Beamte in Uniform lächelte. »Sie haben früher einen Volvo gefahren«, fuhr Franks fort. »Vor ungefähr vier Jahren sind Sie auf Datsun umgestiegen und dabei geblieben.«

Sie wußten alles.

»Ja.«

»Nur ein Unfall, mit dem Volvo. Haben Sie deshalb gewechselt?«

Julies lebloses Gesichtchen. »Daran war nicht der Volvo schuld.«

»Haben Sie etwas gegen Mr. Cosgrove?«

»Keineswegs, wir sind seit Jahren Kollegen.«

Nur die Fragen beantworten, sagte sich Richard, innerlich zum Zerreißen gespannt. Nichts weiter, keine Zusätze.

»Worauf hatten Sie es eigentlich abgesehen?« fragte Franks.

»Abgesehen?«

»In Mr. Cosgroves Wohnung.«

»Ich bin überhaupt nicht – ich war gar nicht dort. – Ich dachte, es wäre nichts gestohlen worden.«

»Ein junger Mann wurde ermordet.«

»Ich weiß. Das war tragisch.« Seine Stimme klang nicht überzeugend.

»Mr. Cosgrove hat noch einmal nachgesehen. Er entdeckte, daß einige Unterlagen fehlen. Sieht ganz danach aus, als wär's jemand von der Firma gewesen, meinen Sie nicht?«

»Ich kann Ihnen da leider nicht helfen«, sagte Richard.

»Jemand, der einen hellgrauen Datsun fährt.«

»Tut mir leid, ich kann Ihnen nicht helfen.« Er hätte gern gefragt, woher sie von einem hellgrauen Datsun wußten.

Franks mußte seine Gedanken gelesen haben.

»Wir haben uns gestern bei den Nachbarn umgehört. Ein zuverlässiger Zeuge sah etwa zur Tatzeit einen hellgrauen Datsun in der Nähe von Mr. Cosgroves Haus. Als der Mann später aus dem Wirtshaus zurückkam, war der Wagen nicht mehr da.«

»Und Sie glauben, es war meiner?«

»Das habe ich nicht gesagt, Mr. Ross.«

Richard brachte ein gezwungenes Lächeln zustande.

»Sehe ich wie ein Einbrecher aus?«

»So was sieht man keinem an.«

Franks schwieg und starrte ihn an. Richard griff nach seinen Zigaretten und legte sie wieder weg. Er konnte das Schweigen nicht mehr ertragen.

»Haben Sie sonst noch Fragen?« sagte er.

Franks lächelte. »Im Moment nicht, Mr. Ross. Würden Sie uns jetzt begleiten? Es wird nicht lange dauern.«

»Wozu?«

»Fingerabdrücke, Mr. Ross. Man weiß nie. Kann für Sie ein Schutz sein.«

Richard war niedergeschmettert. Seine Fingerabdrücke in den Polizeiakten. Er dachte an Laura und verscheuchte den Gedanken hastig.

»Ich sage nur meiner Sekretärin Bescheid.«

»Bitte.«

Richard steckte den Kopf in Miss Forsyths Büro und sagte ihr, er würde für eine Stunde weggehen. Dann holte er seinen Hut. Am liebsten wäre er in den Boden versunken. Er schämte sich. Zwei Männer im Korridor starrten ihn an. Er kam sich vor wie ein dummer, kleiner Gauner.

Sie fotografierten ihn auch, von vorn und im Profil.

Er ging zu Fuß zur Firma zurück. Der Spaziergang tat ihm gut. Angesichts der Ungeheuerlichkeit, daß man ihn samt Fingerabdrücken und Fotos in die Kartei aufgenommen hatte, vergaß er die beängstigenden Fragen, die man ihm gestellt hatte.

Er wollte mit Cosgrove sprechen. Es war fast Mittagszeit. Wenn er Glück hatte, würde er Cosgrove noch erwischen, und sie konnten zusammen essen.

Merrett trat als erster aus dem Lift, auf den Richard gewartet hatte. Er war in Begleitung eines hochgewachsenen Mannes, den Richard nicht kannte. Merretts warmes Lächeln erstrahlte; er nahm Richard beim Arm und zog ihn mit einem Wort der Entschuldigung an seinen Begleiter zur Seite.

»Mein lieber Richard, diese unglückselige Geschichte mit dem Wagen ist scheußlich für Sie. Aber Sie sollen wissen, daß Sie unser volles Vertrauen haben«, er drückte Richards Arm, »und machen Sie sich keine Sorgen, die Sache ist im Nu vorbei.« Nochmals drückte er Richards Arm. »Sie sollten einen Rolls fahren, Richard.« Noch ein blendendes Lächeln, und er ging mit dem hochgewachsenen Mann davon.

Richard fühlte sich getröstet. Es tat ihm leid, daß Merrett die alberne Bemerkung über den Rolls gemacht hatte; doch alles andere, was er gesagt hatte, war beruhigend. Mit dem nächsten Lift fuhr er nach oben.

Cosgrove war nicht in seinem Büro. Richard fand einen Notizblock auf seinem Schreibtisch und schrieb darauf: ›Ich hätte Sie gern so bald wie möglich gesprochen, Ross.‹ Dann ging er zum Mittagessen.

Fast den ganzen Nachmittag saß er bei Adams. Er hatte Miss Forsyth gebeten, alle Gespräche durchzustellen, aber es kam keines. Um halb fünf endlich war er wieder in seinem Büro. Sofort rief er Cosgrove an. Dreizehn Signale mußte er abwarten, ehe sich Cosgroves ungeduldige Stimme meldete.

»Cosgrove.«

»Ross«, versetzte Richard. »Haben Sie einen Moment Zeit?«

»Tut mir leid, Kumpel. Alles ausgebucht. Morgen vielleicht.«

»Ich will nicht bis morgen warten.«

»Na gut – warten Sie – mal sehen, wie's gegen fünf ausschaut.«

»In Ordnung.«

Richard war entschlossen, noch an diesem Abend mit Cosgrove zu sprechen. Und wenn er ihm nach Bondi folgen mußte. Er rief Laura an, um ihr zu sagen, daß er sich verspäten würde.

Kurz nach fünf ging er zu Cosgrove. Er klopfte und öffnete die Tür. Cosgrove hatte drei Besucher da, auf dem Schreibtisch stand eine Whiskyflasche. Cosgrove lächelte und winkte.

»Tut mir leid, alter Junge, nichts zu machen«, rief er.

Richard schloß die Tür, ging in sein Büro, nahm seinen Hut und wünschte Miss Forsyth Gute Nacht. Mit dem Lift fuhr er in die Tiefgarage hinunter.

Cosgrove hatte einen blauen Ford Cortina. Richard setzte sich in seinen Wagen und wartete. Es war heiß und stickig. Wie in einer Gefängniszelle. Er mußte die Wagentür öffnen, weil er das Gefühl hatte, sonst zu ersticken.

Cosgrove und Simpson kamen gemeinsam. Keine fünf Minuten hatte Richard warten müssen. Er wußte, daß Cosgrove ihm aus dem Weg gehen wollte. Cosgrove klopfte Simpson auf den Rücken und ging zu seinem Wagen. Richard sah, daß Simpson sich von Cosgrove angewidert fühlte. Es freute ihn.

Simpsons Wagen fuhr zuerst los. Cosgrove steckte sich wahrscheinlich noch eine seiner Zigaretten an. Als der Cortina anfuhr, setzte auch Richard sich in Bewegung. Cosgrove würde nicht damit rechnen, daß Richard ihn verfolgte. Er hielt Richard für einen Menschen ohne Initiative und Rückgrat.

Im Stoßverkehr des Abends verlor Richard Cosgrove eine Zeitlang aus den Augen. Doch an der Bondi-Abzweigung sah er ihn wieder, und danach blieb er ihm auf den Fersen. Cosgrove fuhr nach Hause.

Als Cosgrove im Foyer seines Hauses nach dem Schlüssel kramte, stand Richard direkt hinter ihm. Cosgrove fuhr herum.

»Mensch, Junge, Sie haben mir vielleicht einen Schrecken eingejagt. Sind Sie –«

»Gehen wir hinein«, unterbrach ihn Richard.

Cosgrove zuckte die Achseln und öffnete die Wohnungstür. Richard folgte ihm ins triste, schmutzige Wohnzimmer.

Cosgrove trat zum Barwagen. »Was zu trinken?«

Richard zögerte nicht. »Scotch und Wasser, bitte.« Er hatte den Eindruck, daß Cosgrove einen Mann respektierte, der nie einen Drink ausschlug.

Cosgrove brachte die Drinks. »Ich geh' gleich mit einem Bekannten zum Essen.«

»Ich halte Sie nicht lange auf«, versetzte Richard. »Was ist gestohlen worden?«

»Verschiedene Papiere.«

»Wem könnte was an den Papieren liegen?«

»Keine Ahnung, Kumpel.«

»Was für Papiere?« bohrte Richard weiter.

»Belastende Papiere«, erwiderte Cosgrove lachend.

»Das scheint Sie wenig zu kümmern«.

Cosgrove zuckte die Achseln.

»Wenn's die sind, die der Bursche gesucht hat, dann werd' ich's schon zu spüren bekommen.« Er spülte seinen Whisky zur Hälfte hinunter.

»Was für Papiere sind es denn nun?«

Cosgrove wurde feindselig. »Hören Sie mal, dieses Verhör paßt mir nicht. Sie sind schließlich nicht von der Polizei. Die haben eine Liste – fragen Sie die.«

Sie standen einander gegenüber und starrten sich an.

Richard versuchte es anders.

»Wo ist die Bezahlung, die Sie mir Dienstag angeboten haben?«

»Die können Sie jederzeit haben.«

»Ich habe Ihnen bereits gesagt, daß ich sie nicht nehme. Ich möchte nur sicher sein, daß dadurch nicht eine Verbindung zu mir hergestellt werden kann.«

»Wie meinen Sie das?« fragte Cosgrove.

»Stand mein Name auf dem Umschlag?«

»Bei Ihnen piept's wohl?« Cosgrove hockte sich auf die Armlehne eines Sessels. »Wir sind doch keine kleinen Kinder.«

Das war eine Erleichterung. Wenn er sich auf Cosgroves Wort verlassen konnte.

»Ist das Geld noch im Umschlag?«

Cosgrove lachte. »Was soll das Gerede von Umschlägen. Das Honorar ist da, wenn Sie es haben wollen.«

Das Honorar. Ein Honorar für geleistete Dienste. Richard trug sein Glas zum Barwagen und zündete sich eine Zigarette an. Dann wandte er sich Cosgrove zu, dessen Lächeln so verdächtig selbstzufrieden war.

»Die Polizei hat einen Augenzeugen, der beschwören kann, daß am Dienstagabend hier ein Datsun wie meiner geparkt hat.«

Cosgrove zog ein teilnahmsvolles Gesicht.

»Sieht nicht gut aus, Richie.«

»Ich habe bestritten, hier gewesen zu sein.«

Cosgrove pfiff bewundernd. »Glauben Sie, daß Sie damit durchkommen?«

»Sie haben doch gesagt, Ihr Gast wäre nicht gekommen.«

»Ja, das stimmt.«

»Um die Zeit stand hier noch ein Datsun. Ich habe ihn selbst gesehen. Die gleiche Farbe, und ich glaube, es war auch das gleiche Modell. Während ich auf Sie wartete, kam ein Mann hier aus dem Haus und fuhr mit dem Wagen weg. Er hatte es unheimlich eilig. Er war so groß wie ich und trug einen dunkelgrauen Anzug.«

Cosgrove machte große, runde Kinderaugen, als erzählte man ihm ein Märchen.

»Nicht möglich.«

»Doch. Das ist der Mörder. Er sieht aus wie ich und fuhr einen Wagen wie ich.«

»Haben Sie das der Polizei erzählt?«

»Ich habe doch bestritten, überhaupt hier gewesen zu sein.«

»Ist auch besser so.« Cosgrove lachte. »Klingt reichlich unwahrscheinlich.« Nachdenklich fügte er hinzu: »Aber am Dienstag haben Sie nichts von dem Mann gesagt.«

»Da ahnte ich ja auch noch nichts von seiner Bedeutung. Und wir hatten anderes zu besprechen.«

»Ja, das hatten wir, nicht wahr?«

In diesem Moment erkannte Richard, daß er sich nach seiner ersten Torheit nun völlig verstrickt hatte, da er es versäumt hatte, unverzüglich nach Cosgroves Bestechungsangebot etwas zu unternehmen. Aus Cosgroves drohendem Ton ging das klar hervor. Er hatte die Polizei belogen und darauf gebaut, daß Cosgrove mit ihm lügen würde. Nun hatte Cosgrove ihn in der Hand.

»Tja, alter Freund, ich muß los.« Cosgrove stand auf. »Sie scheinen mir ganz schön in der Patsche zu sitzen.« Er lächelte sein herablassendes Lächeln. »Machen Sie nicht so'n bekümmertes Gesicht, Richie.«

Richard lief es kalt den Rücken herunter. Cosgrove konnte man nicht trauen. Er war jeder Hinterlistigkeit fähig. An der Tür drehte sich Richard noch einmal um.

»Sie haben doch nicht vor, Ihre Aussage zu revidieren, oder?«

Cosgrove antwortete ihm mit einem unverschämten, verschwörerischen Lächeln.

»Uns wird schon was einfallen, Kumpel.«

Richard ging hinaus.

»Kopf hoch, Richie«, rief Cosgrove ihm nach und schloß die Tür.

Hatte er im Ernst etwas von Cosgrove erwartet? Teilnahme von einem solchen Menschen?

Er war viel früher zu Hause, als er gedacht hatte. Doch Laura sagte nur: »So lange hat es ja gar nicht gedauert.«

»Es ging mehr um die Planung, Liebes.«

Beim Essen sprachen sie nicht viel, und hinterher setzte sich Richard in sein Arbeitszimmer. Er breitete einen Stapel von Papieren vor sich aus, als wolle er arbeiten. Angespannt wartete er darauf, daß Laura kommen und ihm Gute Nacht wünschen würde, wenn sie in der Küche fertig war. Er wußte nicht, weshalb er so verkrampft war. Laura kam immer zum Gute-Nacht-Sagen. Es hatte mit Laura nichts zu tun, daß er gespannt war. Die Spannung kam aus seinem Inneren.

Lange noch blieb er an seinem Schreibtisch sitzen, nachdem Laura zu Bett gegangen war. Er rauchte eine Zigarette nach der anderen. Letzte Woche noch, sogar am Dienstag dieser Woche noch, hätte er offen von seinen Zweifeln sprechen können, und alles hätte sich ganz anders entwickelt. Er hätte keine Namen zu nennen brauchen. Merrett wäre geschickt und diskret vorgegangen, und, wenn nötig, rücksichtslos. Statt dessen hatte er gezaudert, und jetzt waren ihm die Hände gebunden.

Richard stand auf und ging nach oben. Er war leise, um Laura nicht zu wecken. Er fühlte sich völlig ausgelaugt. Er meinte, er würde auf der Stelle einschlafen. Doch kaum schloß er die Augen, da begannen seine Gedanken zu toben.

Seine Bemühungen an diesem Abend waren absolut sinnlos gewesen. Er hatte sich von Cosgrove abhängig gemacht, indem er es zugelassen hatte, daß Cosgrove für ihn log. Er war mehr als zuvor in Cosgroves Hand. War es nicht wahrscheinlich, daß Cosgrove der Polizei mit Wonne gestehen würde, daß sein Gast am Dienstagabend doch gekommen war? Richard konnte förmlich die ölige Stimme hören, die erklärte, er hätte sich alles noch einmal überlegt und erkannt, daß er als rechtschaffener Bürger gewisse Pflichten habe. Cosgrove würde es genießen zuzusehen, wie Richard sich wand; einfach deshalb, weil Richard Prinzipien hatte, die Cosgrove fehlten.

»Kannst du nicht schlafen, Richard?«

»Ich bin gerade am Einschlafen, Liebes.«

»Warum sagst du mir nicht, was dich beschäftigt?«

»Es ist nichts, Liebes, wirklich nicht. Schlaf ruhig. Ich bin wahrscheinlich einfach übermüdet.«

Laura sagte nichts mehr.

Wenn er sich ihr anvertraute, würde sie dann mehr Verständnis zeigen als bei Julies Tod? An einem Sommerabend vor viereinhalb Jahren war Richard todmüde von einer endlosen Besprechung und einer Woche angestrengter Arbeit die Auffahrt zur Garage hinaufgefahren. Julie stürzte aus dem Haus, um ihm entgegenzulaufen. Sie war knapp drei. Richard sah sie nicht. Es war grauenhaft gewesen. Er konnte noch heute den Anprall spüren, das Knirschen hören. Sein Schuldgefühl war heute noch so frisch wie damals. Wer war schuld? Laura, weil sie Julie nicht im Haus gehalten hatte? Er selbst, weil er, in Gedanken vertieft, das Kind nicht gesehen hatte? Laura hatte sich geweigert, darüber zu sprechen. Nach dem ersten Schock, nach den Tränen hatte sie einfach geschwiegen. Nur ihr unglückliches und später resigniertes Gesicht hatte er zu sehen bekommen. Nie wieder, sagte sie, keine Kinder mehr, du hast keine Zeit, um Vater zu sein.

4

Gegen elf am nächsten Morgen hatte Ross endlich Glück. Bis dahin war Cosgrove nicht in seinem Büro gewesen. Diesmal gelang es Richard, Cosgrove aus heiterem Himmel zu überraschen.

Er klopfte nicht an. Cosgrove lag in seinem Sessel und manikürte sich die Fingernägel. Das Necessaire stand offen auf dem Schreibtisch. Es war widerlich anzusehen, wie dieser schmierige, schlampige Mensch seine Fingernägel bearbeitete. Richard nickte und ließ sich lässig auf den Stuhl gegenüber Cosgrove fallen.

»Ich möchte gern ein bißchen mehr über das Unternehmen wissen«, sagte er.

»Mensch, Junge, doch nicht hier.« Cosgrove sah sich mit theatralischer Beunruhigung um.

Richard lächelte. »Wanzen?«

»Wände haben Ohren, alter Junge.«

»Ich glaube nicht, daß da was zu fürchten ist. Ich möchte die Größenordnung der Organisation wissen. Wie viele Firmen und welche Firmen.« Richard steckte sich eine Zigarette an.

Cosgrove breitete die Hände aus und betrachtete beifällig seine Fingernägel. Er klappte das Necessaire zu.

»Genug.« Er lächelte Richard an, nahm sich eine Zigarre, biß das Ende ab und steckte sie an.

»Und sie finden, die Investition lohne sich? Sie zahlen doch alle für diese Dienstleistung, oder?«

Cosgroves farblose Augen blickten kühl und abschätzend. Ihr Ausdruck paßte nicht zu dem gemütlichen Lächeln.

»Warum sollten sie nicht? Natürlich wissen sie die Vorteile zu schätzen.«

»Natürlich.« Richards Stimme klang gereizt.

»Es ist ein gutes Geschäft«, fuhr Cosgrove fort. »Für sie und für uns.«

»Es ist Betrug«, sagte Richard.

»Das ist Ansichtssache. Die Ware wird gebraucht.«

»Ja, und da, wo sie hingeht, ist sie vielleicht für Hunderte oder Tausende der letzte Nagel zum Sarg.«

»Das ist nicht unsere Sorge«, erklärte Cosgrove. Er beugte sich zu Richard hinüber und sagte in dem tugendhaften Ton, den er manchmal anschlug: »Sie mit Ihrer fixen Idee von minderwertiger Ware, alter Junge. So sieht's doch gar nicht aus. Und wer will sagen, ob die da drüben überhaupt überleben würden? Sehen Sie sich die Welt doch mal an – ein Pulverfaß. Lieber mit vollem Magen sterben als mit leerem.« Er warf sich in seinen Sessel zurück und lachte. »Sargnägel! Du meine Güte!«

Richard hätte ihn am liebsten ins Gesicht geschlagen. Er drückte seine halbgerauchte Zigarette aus. Das lief nicht so, wie er es sich vorgenommen hatte. Er hatte Cosgrove etwas vormachen, sein Vertrauen gewinnen wollen. Appelle an die Menschlichkeit drangen bei diesem Scheusal nicht durch. Cosgroves Stimme ließ ihn zusammenfahren.

»Sie stecken jetzt sowieso mit drin, alter Junge.«

Richard blickte auf seine Fäuste nieder, die Cosgrove nicht sehen konnte.

»Nicht, wenn ich – ich nehme keine Bestechungsgelder.«

»Wie Sie meinen.« Cosgroves Ton klang gelangweilt. »Sie wissen über alles Bescheid, Kumpel. Vergessen Sie das nicht! Sie wissen es schon seit Dienstag.«

Richard verstand. Er konnte nichts tun, wenn er nicht Gefahr laufen wollte, des Mordes angeklagt zu werden.

Cosgrove lächelte. »Sie brauchen nur zu leugnen, alter Junge. Niemand kann Ihnen etwas nachweisen.«

»Ich könnte aber auch erzählen, wie alles war«, versetzte Richard langsam, »und in Kauf nehmen, was kommt. Sie wären dann für den Rest Ihres Lebens als Betrüger abgestempelt.«

Cosgrove lachte. »In dieser Welt? Sie sind vielleicht naiv. Da trägt doch jeder eine Maske, und was er sagt, ist genau das Gegenteil von dem, was er meint. Alles Lüge, Kumpel. Sie können sich Ihre weisen Sprüche sparen«, fügte er ironisch hinzu. Dann zog er das Telefon zu sich heran. »Fertig? Ich habe zu tun.«

Richard stand auf. »Und wenn ich wegen Mordes angeklagt werde?«

»Nur Ruhe bewahren, Kumpel. Bald wird kein Hahn mehr nach der Sache krähen.«

Cosgrove schien sehr sicher. Seine tröstende Stimme überzeugte Richard beinahe, weil er überzeugt werden wollte.

Cosgrove begann zu wählen. Richard ging in sein eigenes Büro zurück. Er war nicht klüger als zuvor. Er hatte gemeint, Cosgrove aus der Reserve locken zu können. Aber für Cosgrove war es ein Kinderspiel, mit ihm fertigzuwerden.

Miss Forsyth kam herein. »Ein Inspektor Franks hat angerufen. Er hat keine Nachricht hinterlassen. Er sagte nur, er würde später wieder anrufen.«

»Danke, Miss Forsyth.«

Es war fast Mittagszeit, als Franks anrief. Seine Stimme klang freundlich.

»Könnten Sie heute nachmittag noch einmal vorbeikommen, Mr. Ross? Gegen zwei? Es wird nicht lange dauern.«

»Ja. Handelt es sich –«

Franks hatte schon aufgelegt. Furcht und Zorn tobten in Richard. Zorn auf Cosgrove und Franks. Furcht vor Franks. Zorn auf sich selbst. Seiner eigenen kindlichen Neigung, immer an das Gute zu glauben, hatte er dieses Dilemma zu verdanken.

Richard nahm seinen Hut und ging zum Mittagessen. Danach ging er aufs Polizeirevier. Er war pünktlich. Man führte ihn in ein Büro, wo Franks mit dem grünen Hut auf dem Kopf am Schreibtisch saß. Cosgrove mit seinem selbstsicheren Lächeln war auch da. Hoffnung flackerte in Richard auf. Wollte Cosgrove ihn ein für allemal von jedem Verdacht befreien?

»Ah, Mr. Ross«, sagte Franks. »Würden Sie bitte mit Sergeant Sloane gehen?«

Ein uniformierter Beamter nahm Richard beim Arm und führte ihn hinaus, ehe er wußte, wie ihm geschah. Doch gleich erfuhr er, was auf ihn wartete. Eine Gegenüberstellung. Ungefähr sieben oder acht Männer. Licht blendete ihn. Er hielt die Augen niedergeschlagen. Angst und Ungläubigkeit, daß er es war, dem dies geschah, vermischten sich in ihm. Die Unwürdigkeit. Die Ungerechtigkeit. Nur leugnen. Nur immer wieder leugnen.

Es dauerte eine Ewigkeit. Dann war es vorbei. Er war wieder in dem Büro mit Franks, Cosgrove und einem Mann, den er instinktiv erkannte.

»Das ist er! Das ist er!« Der Mann wollte sich auf Richard stürzen, wurde jedoch vom Sergeant zurückgehalten.

»Sie irren sich«, sagte Richard. »Ich bedaure den Tod Ihres Sohnes tief, und ich hoffe von Herzen, man wird den Mann finden, der es getan hat.« Er fühlte sich durch seine eigenen Worte beruhigt. »Mich zu beschuldigen ist absurd. Ich war nicht am Ort.« Zu Franks sagte er: »Ich habe diesen Mann nie gesehen. Ich habe Ihnen gesagt, daß ich nicht dort war. Hier liegt ein Irrtum vor.«

Doch dies war der Mann, der ihm nachgelaufen war.

»Er ist es. Er ist es«, behauptete Slocombe und holte zum Schlag gegen Richard aus. Der Sergeant packte seinen Arm und zog ihn zurück.

»Das reicht«, sagte Franks. Er nickte dem Sergeant zu. Der führte Slocombe hinaus. »Nun, Mr. Cosgrove?« fragte Franks.

Cosgrove rauchte eine Zigarre.

»Der Mann ist natürlich erregt. Klar, daß er in der Dunkelheit dem Erstbesten nachrannte, den er sah.«

»Und Sie haben niemanden gesehen?«

»Ich war nicht da.«

»Es war dunkel. Slocombe sah den Mann von hinten«, überlegte Franks laut.

»Überzeugend finde ich das nicht«, meinte Cosgrove und paffte eine Rauchwolke in die Luft. »Richie kann's meiner Ansicht nach nicht gewesen sein. Er sagt, er war nicht an Ort und Stelle, und er ist ein Mensch von vorbildlichem Charakter, das können Sie mir glauben.«

Franks lächelte. Richard wäre es lieber gewesen, Cosgrove hätte sich dieses Charakterzeugnis gespart. Es klang unecht.

»Danke, daß Sie hergekommen sind, Mr. Cosgrove«, sagte Franks. »Sie bleiben bitte noch, Mr. Ross.«

Cosgrove trottete zur Tür. Dort drehte er sich um und zwinkerte Richard zu. Er verabschiedete sich von Franks, dann ging er.

Franks sah Richard an.

»Haben Sie noch etwas zu sagen, Mr. Ross?«

»Was soll ich sagen? Ich war ja nicht dort.«

»Gut. Wir halten Sie auf dem laufenden.«

»Haben Sie schon versucht, den wirklichen Mörder zu finden?«

Franks lächelte. »Wir gehen jedem Hinweis nach, Mr. Ross. Haben Sie eine Ahnung, wer es sein könnte?«

Richard gefiel der Sarkasmus nicht. Der ganze Franks gefiel ihm nicht.

»Okay, Mr. Ross, das wär's fürs erste.«

Richard ging. Er war nervlich fast am Ende. Fingerabdrücke, Fotos, eine Gegenüberstellung.

In der Firma ging er zu Cosgroves Büro. Der war nicht mehr da. Für einige Tage verreist, wie ihm die Sekretärin sagte. Unschlüssig blieb Richard stehen. Er konnte jetzt in sein eigenes Büro zurückkehren oder zu Merrett gehen. Er machte einen Schritt in Merretts Richtung. Dann kehrte er um. Wieder blieb er stehen, wieder überlegte er es sich anders. Der Moment war nicht gut gewählt, sagte er sich. Unmittelbar nach einer polizeilichen Gegenüberstellung. Er würde erst Ordnung in seine Gedanken bringen, dann Merrett die ganze Geschichte auftischen. Er würde sich anmelden, damit er ungestört sprechen konnte.

Als er nach Hause kam, brachte Laura ihm einen Drink. Sie setzte sich zu ihm und kam ohne Umschweife zur Sache.

»Heute morgen war ein Polizeibeamter hier. Er wollte wissen, ob du ein guter Autofahrer bist.« Richard starrte in sein Glas. »Auf diese Weise Julies Tod noch einmal durchmachen zu müssen, ist so – er wollte genau wissen, wie es zu dem Unfall kam. Als spielte das nach so langer Zeit eine Rolle.« Sie legte ihre Hand auf die seine. »Richard, was ist los?«

»War das alles, was er wollte?«

»Er schien sich mehr für den Datsun zu interessieren als für den Volvo.«

»Sonst noch etwas?«

»Er fragte mich, wann du am letzten Dienstag heimkamst.«

Richard saß still und stumm.

Laura stand auf und trat zu ihm. Sie legte ihm die Hand aufs Haar.

»Ich sagte, wie gewöhnlich.«

Richard nahm ihre Hand und drückte sie an seine Wange.

»Ich fragte ihn, was er eigentlich wolle.«

»Hat er es dir gesagt?« Richard ließ ihre Hand los und zündete sich eine Zigarette an.

Laura setzte sich wieder und musterte ihn mit nachdenklichem Blick.

»Er sagte, es handele sich um Routineermittlungen. Jetzt frage ich dich, Richard.«

Richard stürzte sich in eine neuerliche Lüge.

»Ich hatte mit Adams zu arbeiten. An dem Abend wurde in Bondi eingebrochen. Der Einbrecher wurde vom Sohn eines Nachbarn überrascht und tötete den Jungen. Offenbar wurde auf der Straße ein hellgrauer Datsun wie meiner gesehen, und der Vater des toten Jungen verfolgte einen Mann, der meine Figur hatte.«

»Aber das reicht doch nicht – es gibt doch bestimmt Hunderte – du fährst nie nach Bondi.«

»Leider«, sagte Richard hölzern, »wurde bei Cosgrove eingebrochen.«

»Cosgrove?«

»Ein Kollege, der Außenstellenkoordinator.«

»Aber das ist doch – du warst doch nicht in Bondi, oder?«

Richard sah sie an. »Nein.« Doch er konnte ihrem Blick nicht standhalten. Er leerte sein Glas und drückte seine Zigarette aus.

Laura brachte ihm noch einen Drink. Sie sah, daß er das brauchte, und dieser Umstand beunruhigte ihn.

»Wie alt war der Junge?«

»Neunzehn. Student, stand in der Zeitung.«

Laura sagte nichts. Der Tod des Jungen war das Ärgste für sie. Richard wußte, daß sie an Julie dachte. Das Schweigen zog sich in die Länge. Dann sagte Laura: »Warum müssen sie Julies Tod wieder aufrollen? Was besteht da für ein Zusammenhang?« In ihren Augen standen Tränen. In diesem Moment hätte Richard Cosgrove mit Freuden umbringen können.

»Durch Cosgrove«, antwortete er. »Die Polizei muß alle Möglichkeiten überprüfen. Es ist logisch, daß sie feststellen, wer in Cosgroves Firma einen hellgrauen Datsun fährt. Es kann ja sein, daß der Einbruch aus geschäftlichen Gründen verübt wurde. Bei uns fahren nur zwei Leute einen Datsun. Der andere ist ein dicker, kleiner Mann.«

»Aber was hat das alles mit Julie zu tun?«

Richard seufzte. »Ich weiß es nicht, Liebes.«

»Bin ich vernagelt?« rief Laura. »Wenn du bei Adams warst, ist dann nicht alles erledigt? Warum mußten sie herkommen?«

»Wegen der Beschreibung des Mannes. Sie ist zwar vage, aber sie könnte auf mich passen.«

»Habe ich etwas Falsches gesagt? Ich sagte, du wärst zur gewohnten Zeit nach Hause gekommen.«

Richard zwang sich zu einem Lächeln.

»Das ist ziemlich dehnbar, nicht wahr?«

Er war Laura dankbar für ihre Aussage und hielt es für klüger, nichts mehr von Adams zu sagen. Laura glaubte ihm. Sie war ein Trost.

Laura stand auf. »Ich mache jetzt das Essen.« Von der Tür her sagte sie noch: »Armer Richard – aber das löst sich gewiß bald alles in Wohlgefallen auf, Liebling.«

Er glaubte nicht daran.

5

Am Montag schaltete sich ein neuer Mann in den Fall ein.

Richard hatte sich gerade ein wenig beruhigt. Während er Miss Forsyths gepflegtes, kastanienbraunes Haar betrachtete, dachte er, wie falsch er Laura eingeschätzt hatte, wie liebevoll sie am Wochenende gewesen war. Sie waren einander näher gewesen als seit langem. Am Sonntag war sie zur Kirche gegangen. Sie hatte nicht gesagt, daß sie für ihn beten werde, aber Richard wußte, daß sie es tun würde. Vielleicht würde sich doch alles in Wohlgefallen auflösen, wie Laura gesagt hatte.

Dann rief Franks an. Es war kurz nach zehn. Richards Herz setzte beinahe aus. Ob Mr. Ross wohl sofort aufs Revier kommen könne? Das war alles. Ob es ihm paßte oder nicht, danach fragte keiner.

Richard erklärte Miss Forsyth, er müsse weg. Er nahm seinen Hut und ging. Er fragte sich, was Miss Forsyth wohl über ihn dachte. Doch die vordringliche Sorge war Franks. Die Polizei hatte Fingerabdrücke, Fotos, Slocombes Identifizierung – was blieb da noch? Richard schreckte zurück vor dem Gedanken an Verhaftung.

Auf dem Revier wurde er in dasselbe Büro gewiesen, in dem er am Freitag gewesen war. Franks stand da, den grünen Hut auf dem Kopf. Der neue Mann saß am Schreibtisch. Franks stellte Richard mit einem verschlagenen Lächeln vor, dann ging er.

»Nehmen Sie Platz, Mr. Ross«, sagte Forrest.

Richard setzte sich, den Hut in der Hand, und wartete, während Forrest ein Protokoll überflog, das vor ihm lag. Er war das genaue Gegenteil von Franks: ruhig, sachlich, sehr groß. Er hatte einen höheren Dienstgrad als Franks, und das war ominös.

Forrest lehnte sich zurück und sah Richard an. Seine Augen waren hellbraun. Heller Teint, dichtes, braunes Haar. Ungefähr 35, dachte Richard.

»Das ist eine seltsame Geschichte, Mr. Ross. Sie verlangen von uns zu glauben, daß Sie zur fraglichen Zeit nicht am Tatort waren.«

»Ja.«

»Ihnen ist klar, weshalb es uns schwerfällt, das zu glauben?«

Richard blieb stumm.

»Ich sehe, Sie wissen es. Es ist die Verbindung zwischen Ihnen und Mr. Cosgrove.«

»Zwischen uns besteht keine Verbindung. Das ist reiner Zufall. Wir arbeiten eben für dieselbe Firma.«

»Finden Sie nicht, die Geschichte vom Zufall wirkt reichlich unglaubwürdig, wenn man sie im Licht des übrigen Beweismaterials besieht? – Mr. Slocombes Identifizierung – er verfolgte einen Mann Ihrer Erscheinung. Ein Zeuge schwört, in der Nähe des Monterey einen hellgrauen Datsun gesehen zu haben. Ihr Wagen ist ein hellgrauer Datsun. Aus Mr. Cosgroves Wohnung wurden Unterlagen gestohlen, die für niemanden außerhalb der Firma von Interesse sein können.«

»Ich weiß nicht einmal, was das für Unterlagen waren«, erwiderte Richard.

Forrest sagte in seinem neutralen Ton, »Mr. Cosgrove hat uns erklärt, sein Besucher wäre nicht gekommen. Aber nehmen wir einmal an, Sie wären dieser Besucher gewesen. Als Sie feststellten, daß Mr. Cosgrove nicht zu Hause war, benutzten Sie die Gelegenheit, um in seine Wohnung einzubrechen.«

»Wozu?«

»Als Mr. Cosgrove zurückkam, waren Sie schon weg. Folglich war es natürlich, daß Mr. Cosgrove meinte, Sie wären überhaupt nicht gekommen.«

Richard starrte auf den Schreibtisch.

»Das ist doch eine akzeptable Theorie, finden Sie nicht?« sagte Forrest.

»Vielleicht. Aber sie trifft nicht zu.«

Wenn er nur Forrest von diesem anderen Mann hätte erzählen können, seinem Doppelgänger.

Forrest warf einen Blick auf seine Papiere, dann sah er wieder Richard an.

»Ich frage Sie nochmals, Mr. Ross, was suchten Sie in Mr. Cosgroves Wohnung?«

»Nichts. Ich war doch gar nicht dort.«

»Sie sind ein Arbeitskollege von Mr. Cosgrove. Wir können die Möglichkeit nicht ausschließen, daß Sie ein Motiv für den Diebstahl hatten.«

»Das ist ja lächerlich«, versetzte Richard, bemüht, seinen Zorn zu unterdrücken. »Unsere Arbeitsgebiete in der Firma berühren einander nicht. Ich bin die rechte Hand des Prokuristen. Cosgrove ist für die Außenstelle zuständig. Er bearbeitet die Aufträge und vergibt die Verträge.« Ein neuer Gedanke kam ihm. »Sie sagten, die Unterlagen, die aus Cosgroves Wohnung gestohlen wurden, wären für niemanden außerhalb der Firma von Interesse.«

»Richtig.«

»Das leuchtet mir nicht ein.«

»Wieso nicht, Mr. Ross?«

»Die Firma – Cosgrove – hat mit Dutzenden von Außenstehenden zu tun – Lieferanten, Verteilern und so weiter. Mit privaten Unternehmen, den Vertretern von Industriegruppen und Ministerien oder anderen Behörden. Es ist ein weitverzweigtes Netz.« Und eine glatte Sache, dachte er.

»Ich verstehe«, sagte Forrest. »Das ist interessant.«

Richard nahm die günstige Gelegenheit wahr.

»Woher wissen Sie, daß überhaupt Unterlagen gestohlen wurden?«

»Aufgrund von Mr. Cosgroves Aussage. Mr. Cosgrove hat uns eine Liste gegeben, soviel ich weiß.«

»Woher wissen Sie, daß sie gestohlen wurden und nicht einfach verschwunden sind?«

Es folgte eine lange Pause. Dann sagte Forrest: »Wollen Sie unterstellen, daß Mr. Cosgrove selbst sie versteckt hat?«

»Nicht unbedingt.« Doch das war es, was Richard unterstellen wollte, ganz genau das. »Cosgrove hat Ihnen eine Liste gegeben. Ist das ein Beweis für den Diebstahl?«

Forrest sah ihn scharf an.

»Nein, Mr. Ross, ein Beweis ist das nicht. Aber jetzt ergibt sich eine Frage, die Sie mir vielleicht freundlicherweise beantworten: Weshalb sollte Mr. Cosgrove lügen?«

Richard zuckte mit den Achseln. Er mußte bei seiner Aussage bleiben. Er wußte nichts über jenen Abend in Bondi oder über Cosgroves mögliche Machenschaften. Er hatte den Keim des Zweifels gesät. Dabei mußte er es bewenden lassen.

»Gut, Mr. Ross, wie Sie sagen, einen Beweis gibt es nicht. Aber lassen Sie mich noch einmal auf das Beweismaterial zurückkommen, das gegen Sie spricht. Es steht fest, daß Ihr Wagen am Tatort war. Nicht nur Slocombe sagt das aus, sondern auch ein anderer, völlig unparteiischer Zeuge. Und später, nachdem Sie auf brutale Weise Slocombes Sohn aus dem Weg geräumt hatten, wurden Sie von Slocombe gesehen. Er verfolgte Sie, worauf Sie die Flucht ergriffen.«

»Das stimmt alles nicht«, erklärte Richard. »Ich bin nicht so. Ich bin nicht brutal, im Gegenteil. Fragen Sie meine Frau! Jeden können Sie da fragen. Und was den Wagen angeht – Datsuns gibt es wie Sand am Meer.«

Er zündete sich eine Zigarette an.

»Ein hellgrauer Datsun, dessen Zulassungszeichen mit den Buchstaben EA beginnt. Ihres lautet EA drei-zwo-sechs.«

Richard starrte ihn an. »Das ist nie zuvor erwähnt worden.«

»Der Zeuge beschwört es.«

Nicht einmal Franks hatte es erwähnt. Hätte er es nicht Richard mit Wonne unter die Nase gerieben?

»Seit wann?« fragte Richard.

»Sie meinen, man hätte den Zeugen beeinflußt?«

Richard sagte nichts. Es schien unrealistisch, weiterhin behaupten zu wollen, er wäre nicht in Bondi gewesen. Sein Wagen war für jeden sichtbar gewesen, und eine Person hatte ihn bemerkt und sich das EA gemerkt. So einfach war das. Und so endgültig.

»Der Täter ist ein hochgewachsener Mann – Ihrer Größe, Mr. Ross«, sagte Forrest. »Schlank, mit Brille, in einen grauen Anzug gekleidet.«

»Die Beschreibung paßt auf viele.« Richard bemühte sich, von seiner Verzweiflung nichts merken zu lassen.

»Sie bestreiten also immer noch, zur fraglichen Zeit am Tatort gewesen zu sein?«

»Ja.« Richards Stimme war leise. Es war ihm verhaßt, immer von neuem die gleiche Lüge wiederholen zu müssen. Sah Forrest denn nicht, was für ein Mensch er war? »Warum erkundigen Sie sich nicht über mich? Ich hasse Lügen und Heimlichkeiten und Unehrlichkeit. Ich habe einen guten Ruf. Erkundigen Sie sich beim Aufsichtsrat, bei meinen Kollegen, fragen Sie Mr. Merrett.« Er schämte sich, seine Tugend herausstreichen zu müssen.

»Wir müssen das Beweismaterial berücksichtigen, Mr. Ross«, erwiderte Forrest.

»Das Beweismaterial ist unzutreffend.«

»Nun, sehen wir es uns noch einmal an.« Forrest las aus seinen Berichten vor, schloß mit Slocombes Beschreibung und Identifizierung. »Nun, Mr. Ross?«

»Es war dunkel. Slocombe kam von hinten, wie Sie sagen. Wie kann er all diese Einzelheiten in der Hitze des Augenblicks wahrgenommen haben?«

»Gewiß, ich gebe zu, daß Slocombes Aussage angezweifelt werden kann. Aber wir haben ja noch viel mehr Material.«

»Irgendwo ist ein Fehler. Es kommt darauf an, den Fehler zu finden.«

»Wenn einer vorliegt«, sagte Forrest.

»Der Fehler ist folgender: Es war ein anderer Mann da, einer, der aussieht wie ich, der gekleidet war wie ich, einen Wagen fuhr wie ich und meine Zulassungsnummer hatte.«

Forrest lächelte nicht, zog nicht die Brauen hoch. Er schien sich den Gedanken durch den Kopf gehen zu lassen.

Er sagte: »Sie halten das nicht für etwas weit hergeholt?«

»Nicht weiter hergeholt, als mich des Einbruchs und des Mordes zu beschuldigen.«

Richards Hände zitterten. Er umkrampfte seine Schenkel, um sie zu beruhigen.

»Es ist schon vorgekommen, daß jemand aufgrund frappierender Ähnlichkeiten beschuldigt wurde. Wenn der Unschuldige den Kopf verliert –« Forrest zuckte leicht die Achseln. »Der Unterschied ist, daß Sie steif und fest behaupten, nicht am Tatort gewesen zu sein.«

Forrest blickte Richard an. Seine Augen schienen nach etwas zu suchen, was sich hinter Richards Gesicht verbarg.

Hastig und voll Verzweiflung sagte Richard: »Sehen Sie denn nicht, daß da einfach zu viele Zufälligkeiten zusammentreffen?«

»Was soll ich denn glauben? Daß Sie nicht dort waren, sondern ein anderer, ein Fremder, ein Mann, der aussieht wie Sie, der einen Wagen fährt wie Sie, der sich genau zur Tatzeit am Tatort befindet – in der Wohnung eines Ihrer Arbeitskollegen?«

»Ja, das meine ich«, sagte Richard. »Es paßt alles viel zu gut zusammen.«

»Sie meinen, es wurde absichtlich so arrangiert?«

Meint er das? »Ich weiß es nicht. Ich weiß nicht, was ich meine. Ich weiß nur, daß ich es nicht war.«

»Gut, Mr. Ross, lassen wir es dabei.«

Er mußte es sagen. »Ich bin nicht verhaftet?«

»Sie können gehen, Mr. Ross.«

Richard stand auf. »Es ist vorbei?«

»Das sagte ich nicht.« Forrest stand ebenfalls auf. Mit natürlicher Höflichkeit öffnete er Richard die Tür. »Danke, daß Sie vorbeigekommen sind, Mr. Ross.«

Zurück in der Firma ging Richard direkt zu Merretts Büro. Er hoffte, ihn allein anzutreffen, und er hatte Glück. Mit jovialer Geste winkte Merrett ihn herein. Er sah kleiner und dicker aus hinter dem riesigen Schreibtisch, beinahe wie ein dicker Frosch.

»Danke, Mr. Merrett. Ich wollte nur kurz erklären –« Richard versuchte, den Unbekümmerten zu spielen. »Die Polizei scheint mich auf dem Kieker zu haben. Ich bin der Mann, der nicht da war.« Er zwang sich zu lächeln.

Merretts Lächeln war wärmer denn je. »Mein lieber Richard, Zeit spielt in diesem Fall keine Rolle. Die Geschichte wird sich zweifellos bald aufklären. Es geht doch nicht, daß der sympathischste Bursche der Firma Tag für Tag belästigt wird.«

»Es kann aber noch eine Weile dauern –«

»Lassen Sie sich deshalb keine grauen Haare wachsen, Richard.«

Richard wünschte, Merrett würde ihn ausreden lassen.

»Vielleicht sollte ich Ihnen erklären, was ich –«

Wieder unterbrach Merrett. »Die Vorstellung ist absurd. Überlassen Sie alles diesem Forrest. Der wird schon klarkommen.«

Das Lächeln blitzte, dann drehte er sich in seinem Sessel zur Seite, und Richard wußte, daß er entlassen war.

Richard ging ein paar Schritte zurück. »Inspektor Forrest hat mit Ihnen gesprochen, Sir?«

»Am Freitag. Er hielt es für angebracht, sich meine Unterstützung zu sichern.«

Richard war jetzt an der Tür. »Danke, Mr. Merrett.« Er ging hinaus und schloß die Tür.

Es war Mittagszeit. Er ging zum Essen. Er dachte an Laura, dachte daran, was sie sagen oder, schlimmer noch, denken würde, wenn sie von dem Gespräch mit Forrest hörte.

Nach dem Mittagessen hatte er gerade Miss Forsyth hereingerufen, als Forrest anrief.

»Es tut mir leid, Mr. Ross. Etwas Neues ist es nicht, möglicherweise nur ein neuer Blickwinkel. Sobald Sie können, bitte.«

Richard legte auf. Er spürte förmlich, wie er innerlich zusammenfiel.

»Stimmt etwas nicht, Mr. Ross? Kann ich etwas für Sie tun?«

Miss Forsyths freundliche Stimme gab ihm neuen Mut. Er zwang sich zu einem Lächeln.

»Sie könnten vielleicht Adams übernehmen. Ich muß noch einmal weg.«

Miss Forsyth stand auf. »Überlassen Sie Mr. Adams nur mir.«

Als sie gehen wollte, sagte Richard: »Ich erzähle es Ihnen bald.«

Sie lächelte und ging.

Aus einem Impuls heraus ging Richard bei Cosgrove vorbei. Das Büro war leer, doch die Reisetasche stand auf dem Schreibtisch.

Auf dem Revier führte man Richard wieder in dasselbe Büro. Cosgrove saß auf dem Stuhl, auf dem am Morgen Richard gesessen hatte. Forrest nickte Richard zu, stand auf, holte Richard einen Stuhl. Richard blieb stehen.

»Wir versuchen, diesem Einbruch auf den Grund zu gehen, Mr. Ross«, erklärte Forrest.

Cosgrove lächelte Richard mit der Zigarre im Mund zu. Er wirkte allerdings nicht allzu glücklich. Man mußte ihn geholt haben, sobald er sein Büro betreten hatte. Das freute Richard.

»Also, Mr. Cosgrove«, fuhr Forrest fort, »da Sie die fehlenden Unterlagen nicht genauer aufzählen können, können Sie mir vielleicht sagen, welcher Art die Papiere sind, die Sie im allgemeinen in Ihrer Wohnung aufbewahren und die Mr. Ross veranlaßt haben sollen, einen Einbruch zu riskieren.«

»Ich habe bereits gesagt, daß ich Ihnen da nicht folge«, versetzte Cosgrove. »Richie? Nie! Ich glaube einfach nicht, daß er so was tun würde.«

Richard wurde speiübel angesichts Cosgroves unechter Loyalität. Er setzte sich nun doch. Er spürte Forrests Blick auf sich.

»Ich hab' immer einen ganzen Haufen Büropapiere bei mir in der Wohnung. Ein Heidendurcheinander«, erklärte Cosgrove.

»Kein Ablagesystem?« fragte Forrest.

»Ablage?« Cosgrove lachte erheitert. Dann schwenkte er hastig um. »Aber ich weiß, was da ist und was nicht. Darauf können Sie sich verlassen.«

Forrest nickte mit nachdenklicher Miene. Er blickte von Cosgrove zu Richard und wieder auf Cosgrove.

»Und der Bekannte, den Sie erwarteten, kam nicht?«

»Äh – ich hab' das gesagt, um den armen Kerl nicht hineinzuziehen. Er kam schon, aber erst später.«

»Wieviel später?«

Cosgrove sah die Falle. »Bevor die Polizei kam«, antwortete er geschickt. »Er blieb nicht allzu lange.«

»Und der Name Ihres Bekannten?«

»Tut mir leid«, erwiderte Cosgrove. »Meine Lippen sind versiegelt. Aber damit Sie's wissen, mein Bekannter ist ein stattlicher Herr und fährt einen grünen Holden.«

Mit dieser unverschämten Lüge bestätigte er Richards Aussage. Anständig von Cosgrove, sagte sich Richard. Gleichzeitig aber bedeutete es: Wenn du den Mund hältst, halte ich auch den Mund.

»Schön, Mr. Cosgrove«, sagte Forrest. »Ich danke Ihnen, daß Sie hergekommen sind.«

Cosgrove stand auf. Die Asche seiner Zigarre fiel auf den Schreibtisch.

»Wenn ich damit Richie helfen kann.« Im Vorbeigehen legte er Richard die Hand auf die Schulter. »Auf mich können Sie jederzeit zählen, alter Freund.« Richard wich vor der Berührung zurück.

Cosgrove ging hinaus. Es blieb lange still. Forrest fischte ein Stück Papier aus seinem Papierkorb und fegte Cosgroves Asche vom Schreibtisch. Dann lehnte er sich zurück. Ganz ruhig. Er sah Richard nicht an.

Richard sprach plötzlich. »Ich war an dem Abend doch in Bondi.«

Forrest sah ihn an und nickte ruhig.

»Ich besuchte einen Bekannten.«

»Aha. Wen?«

»Das möchte ich lieber nicht sagen.«

Er war erleichtert, diese hartnäckige Lüge loszuwerden. Er hatte von Anfang an falsch gehandelt. Sein tagelanges Zaudern, sein Besuch bei Cosgrove, sein beharrliches Schweigen, alles war falsch gewesen. War immer noch falsch. Richard wußte es, und es gab ihm ein Gefühl der Hoffnungslosigkeit.

Forrest musterte ihn. »Warum wollen Sie es nicht sagen?«

»Es war – es handelt sich um etwas Persönliches.«

Sollte Forrest ruhig glauben, er sei bei einer Frau gewesen. Sollten alle daran glauben. Auch Laura. Selbst das war besser als die Wahrheit – sein Besuch bei Cosgrove. Wenn das herauskam, dann würde alles herauskommen. Und wer würde ihm glauben, daß sein Besuch bei Cosgrove völlig harmlos verlaufen war, wo er doch groß und schlank war und eine Brille trug wie der Mörder?

»Bisher haben Sie beharrlich bestritten, auch nur in der Nähe des Tatorts gewesen zu sein. Jetzt geben Sie zu, daß Sie dort waren.« Forrest blickte ihn unverwandt an. »Ist Ihnen klar, was wir denken müssen?«

Richard hielt den Mund fest geschlossen.

»Sie wissen, wir haben einen Zeugen, der behauptet, einen großen, schlanken Mann in der Nähe gesehen zu haben.«

»Ich gebe zu, daß ich herumspaziert bin«, sagte Richard. »Mein Bekannter war nicht da, und ich war ein wenig verärgert.«

»In der Nähe des Monterey Apartmenthauses, wie der Zeuge erklärte.«

»Es ist eine kurze Straße.«

»Etwa zu der Zeit, als der Einbrecher in Mr. Cosgroves Wohnung eindrang.«

»Sehe ich wie ein Einbrecher aus?« fragte Richard.

Forrest erwiderte nichts, blickte ihn nur schweigend an. Richard steckte sich eine Zigarette an. Er hatte das Gefühl, Forrest könne bis in sein Innerstes sehen.

»Mr. Cosgrove ließ das Schlafzimmerlicht brennen, während er aus war«, sagte Forrest. »Können Sie das bestätigen?«

»Ich habe nicht auf Cosgroves Fenster geachtet.«

»Sie wußten also, welche Cosgroves Fenster waren?«

»Nein.«

Forrest lehnte sich in seinem Sessel zurück.

»Merkwürdig, daß beide aus waren, Mr. Cosgrove und der Bekannte, den Sie besuchen wollten.«

Richard blieb stumm.

»Finden Sie nicht, Mr. Ross?«

»Nein. Viele Leute gehen um die Zeit aus.«

»Wenn Sie Besuch erwarten?«

O Gott, wie lange konnte er so weitermachen?

»Sie können jetzt gehen, Mr. Ross. Ich möchte mir das alles gründlich durch den Kopf gehen lassen. Sie befinden sich in keiner günstigen Lage. Auf lange Sicht ist die Wahrheit immer das beste.«

Richard ging ins Kino. Ins Büro wollte er nicht und nach Hause konnte er noch nicht, wenn er nicht zu Fragen Anlaß geben wollte. Er sah keinen Ausweg. Er sehnte sich nach zu Hause und nach Laura.

Aber als er aus dem Kino kam, fuhr er doch nicht nach Hause.

6

Richard läutete. Es war ein Viertel vor sieben. Vielleicht war Cosgrove nicht da. Er würde die ganze Nacht warten, wenn nötig. Er hörte jemand ins Haus kommen und drehte sich um. Es war Slocombe. Slocombe blieb einen Moment stocksteif stehen. Dann stürzte er sich auf Richard. Doch Richards Hände hielten seine Arme fest. Sogleich sank Slocombe in sich zusammen und begann zu weinen. Sein Kopf sank auf Richards Schulter. Er klammerte sich hilfesuchend an Richard. Sein Schmerz war unerträglich. Wie Lauras Schmerz um Julie.

Cosgroves Tür öffnete sich. »Ich dachte, ich hätte –« Er runzelte die Stirn. »Sie, Ross? Was soll das?«

Da faßte sich Slocombe. Er drehte ihnen den Rücken und ging in seine Wohnung.

»Sie haben Nerven«, sagte Cosgrove.

»Gehen wir hinein«, versetzte Richard und gab Cosgrove einen Stoß.

Cosgroves erste Reaktion war ein wütendes Fauchen, dann grinste er. Er schloß die Tür.

»Drink?« Er ging zum Barwagen.

»Whisky«, sagte Richard.

Er wußte, daß er seinen Zorn zügeln mußte. Cosgrove war der einzige Mensch, der vielleicht zu den Vorgängen jenes schrecklichen Abends einen Hinweis geben konnte.

»Trinken Sie das, Kumpel.« Cosgrove reichte ihm das Glas. »Und machen Sie nicht so ein starres Gesicht.«

Richard ließ sich schwer auf die Armlehne eines beigefarbenen Sessels fallen.

»Was haben Sie Forrest heute morgen erzählt?«

»Das haben Sie doch gehört.« Cosgrove lümmelte sich in das Sofa. Er hatte türkisgrüne Socken an und abgestoßene helle Wildlederschuhe.

»Ehe ich kam«, sagte Richard.

»Nichts. Er fragte nach den fehlenden Unterlagen.«

»Nach was für fehlenden Unterlagen?« Cosgrove starrte ihn argwöhnisch an. »Fehlt denn überhaupt was?«

Cosgrove entspannte sich und lächelte.

»Hören Sie mal, alter Junge, Sie sind es doch, der in der Tinte sitzt, nicht ich. Kommen Sie mir also nicht mit *der* Masche, Sie Schlaumeier. Der Mann, der Wagen, die Zeit, der Ort – vergessen Sie das nicht.«

Richard stürzte den Whisky auf einmal hinunter.

»Sie wissen, daß das nicht wahr ist. Es ist undenkbar.«

»Aber jemand denkt es, Kumpel.« Cosgrove lachte und stand mit seinem Glas auf. Richards Glas nahm er mit. »Noch so einen, und Sie werden sehen, daß alles gar nicht so schlimm ist.«

Richard nahm das Glas und spülte die Hälfte des Whiskys hinunter. Er fühlte sich gleich besser. Slocombes Angriff hatte ihn mitgenommen, seine Entschlossenheit untergraben, Cosgrove zur

Rede zu stellen. Er wollte Cosgrove zum Sprechen bringen. Der Whisky half. Er mußte aufhören, sich wie ein selbstgerechter Sittenrichter aufzuführen.

»Mich interessiert die Organisation«, sagte er. »Es ist wahrscheinlich ein bißchen – na ja, ein bißchen engstirnig, solche erfolgreichen und weitverbreiteten Praktiken zu verdammen.«

Cosgrove lachte. »Bravo, Richie! Für Naivlinge ist auf der Welt kein Platz.«

Es machte ihm nichts aus, daß Cosgrove über ihn lachte.

»Die Firmen, die Verträge haben wollen, bieten Bestechungsgelder, oder? Der Meistbietende gewinnt.«

Cosgrove lachte wieder. »Bißchen simpel, alter Junge. Da sind schließlich keine Einfaltspinsel am Werk.« Er kippte seinen Whisky hinunter und beugte sich dann auf dem Sofa vor, die Augen auf Richard gerichtet, ein aufmunterndes Lächeln um den schwabbeligen Mund. »Es geht um den Umsatz, alter Junge. Je größer der Umsatz, desto größer die Gewinne, und wir schöpfen den Rahm ab. Um Millionen geht's da, Kumpel, Molkereiprodukte, Weizen, sie brauchen einfach alles. Da wirken Ihre Moralpredigten über minderwertige Waren ein bißchen lächerlich.«

Cosgrove hielt ihn für einen Einfaltspinsel. Vielleicht war er das. Es schien jedenfalls eine Rolle zu sein, die Cosgrove zum Prahlen animierte. Es konnte eine lohnende Rolle sein.

»Noch einen?« Cosgrove nahm Richards Glas mit.

Richard erkannte, daß das Umsteigen von Shipton auf Boniface, das ihn mißtrauisch gemacht hatte, nur die Spitze des Eisbergs war, ein winziges Detail innerhalb eines riesigen Netzes. Kein Wunder, daß Cosgrove seinen Fragen ausgewichen war. Richards Hartnäkkigkeit mußte beunruhigend gewesen sein. Cosgrove hatte ihn eine Woche lang hingehalten, während er zweifellos mit anderen Mitgliedern der Organisation konferiert und von ihnen grünes Licht erhalten hatte, Richard auf die gewohnte Weise den Mund zu stopfen. Sie hatten sich eingebildet, sie würden leichtes Spiel mit ihm haben.

»Danke«, sagte Richard und nahm das Glas mit einem Lächeln an. Cosgrove lächelte überfreundlich zurück und ließ sich wieder auf das Sofa fallen. Richard trank einen Schluck. Er fühlte sich wohler, weniger verkrampft. Er hatte das verrückte Gefühl, daß er oft schon hier mit Cosgrove in freundschaftlichem Beieinander gesessen hatte.

»Wenn Sie mitspielen, alter Junge«, sagte Cosgrove, »sieht alles vielleicht bald schon viel freundlicher aus.«

Richard lächelte und trank seinen dritten Whisky aus. Er spürte die Wirkung schlagartig. Cosgrove schenkte großzügig ein. Richard steckte sich eine Zigarette an. Mit seinem Bestechungsangebot war Cosgrove nicht weitergekommen; aber dann hatte ihm das Glück geholfen. Glück? Zufall? Nicht zum erstenmal schien Richard die Rolle, die Cosgrove am vergangenen Dienstag gespielt hatte, verdächtig. Aber er wußte nicht, wie er sich Gewißheit verschaffen sollte. Und er konnte sich auch nicht vorstellen, auf welche Art und Weise Cosgrove in die Sache verwickelt sein sollte. Cosgrove war nicht da, als der Mord verübt wurde. Er schien heimgekommen zu sein, während sich Richard im Gebüsch verborgen hatte, um Slocombes Verfolgung zu entkommen. Der große Mann, der aussah wie er selbst, der aus dem Haus gelaufen und davongefahren war, mußte ihn bei Forrest entlasten. Der Mann war nicht grundlos so überstürzt davongerannt. Allerdings hatte nur Richard ihn gesehen; und selbst wenn andere ihn gesehen hatten, so würden sie ihn mit Richard verwechseln. Der Gedanke kam ihm, daß dies vielleicht die Absicht gewesen war. Aber wessen Absicht? Nur Cosgrove kam in Frage; doch Cosgrove bediente sich raffinierterer Methoden. Es war unsinnig. Er war niemandem gefährlich. Er war beliebt und geachtet. Der gute Richie, netter Kerl, anständig und taktvoll. Man belächelte ihn als weichherzigen Dummkopf. Er war für Cosgrove leichte Beute gewesen; erst hatte Cosgrove seine Unschlüssigkeit ausgenützt, dann hatte er ihm noch belastendes Wissen aufgebürdet – und schon war Richard verstrickt gewesen. Zufall also; die Anwesenheit des hochgewachsenen Mannes war reiner Zufall. Er war ein schwerfälliger Denker. Forrest müßte den Mann finden. Doch weshalb sollte die Polizei nach einem Phantom fahnden, wenn sie Richard im Visier hatte? Richard, der Cosgrove kannte, auf den die Beschreibung des Täters paßte, dem der identifizierte Wagen gehörte, der jetzt zugegeben hatte, am Tatort gewesen zu sein.

Cosgrove stand auf, eine Zigarre zwischen den Lippen.

»Schlafen Sie mir nicht ein, Kumpel. Ich hab' noch nicht gegessen.«

Richard lächelte aus der behaglichen Tiefe des Sessels zu Cosgrove auf. Er hatte das Gefühl, ungeheuer scharf denken zu können, alles glasklar zu sehen.

»Entschuldigung, aber ich bin wirklich dankbar – ich meine, daß Sie mir ein bißchen auf die Sprünge helfen. Sie müssen mich ja für einen netten Trottel gehalten haben.«

Cosgrove lachte und nahm sein Glas.

»Noch einen für den Heimweg.«

Richard beobachtete Cosgroves vertraute Gestalt am Barwagen, die vertrauten Bewegungen. Von Minute zu Minute fühlte er sich wohler. Der gute Cosgrove – man mußte ihn dazu bringen, das Bestechungsgeld vor einem Zeugen zu offerieren. Es schien kinderleicht.

Cosgrove pflanzte sich vor ihm auf.

»Prost, Kumpel.«

Richard nahm das Glas und trank. Er blickte zu Cosgrove auf, und das Phantom fiel ihm ein.

»Braucht man da nicht –?« begann er. Dann sagte er: »Setzen Sie sich doch, alter Junge. Stehen Sie nicht rum wie ein – wie ein begossener Pudel.«

Cosgrove lachte und setzte sich in den Sessel Richard gegenüber. Richard sah sich um. Ein behagliches Zimmer. Er kam sich vor, als hätte er seine Farbe angenommen.

»Braucht man was, Kumpel?« fragte Cosgrove.

»Braucht man da – ach ja – einen Komplizen? Nein, das ist das falsche Wort. Einen Kollegen, bezahlte Unterhändler, in einer Organisation dieser Größenordnung? Ich meine, Leute, die die Geschäfte aushandeln und keine Fragen stellen.«

Cosgrove lehnte sich zurück und starrte ihn an. Richard grinste verständnisinnig. Cosgrove erwiderte das Grinsen, doch der kalte Ausdruck in seinen Fischaugen blieb. Richard war ein Dilettant, ein Einfaltspinsel. Vier Whiskys. Zum Davonlaufen.

Cosgrove stand wieder auf. »Sie haben genug, Kumpel. Fahren Sie jetzt lieber!« Er trat zu Richard und streckte die Hand hin, ihm aufzuhelfen. Richard ließ es sich gefallen. Er wollte ja Cosgroves Vertrauen gewinnen. Ja, das war es, Cosgroves Vertrauen gewinnen. Er ging zur Tür.

Cosgrove war vor ihm da und hielt ihm die Tür auf.

»Wir sehen uns, Kumpel.«

Richard lächelte ihn an. »Vielen Dank, hat mir gutgetan. War ein schöner Trottel.«

»Keine Ursache, alter Junge, und vergessen Sie nicht – Sie brauchen's nur zu sagen, Sie wissen schon.« Noch ein verschwörerisches Lächeln, und die Tür schloß sich.

Richard stand in der Mitte des Foyers und dachte an Slocombe. Er hätte Slocombe gern alles erklärt. Doch wie konnte er das tun, ohne den Schmerz des armen Mannes neu aufzuwühlen? Slocombes Schmerz glich Lauras Schmerz. Ihr Schmerz war wichtiger als Richards Gewissen.

»Du hast getrunken«, sagte Laura gleich, als er heimkam.

Er nickte.

»Bist du hungrig?«

Er nickte wieder.

»Ich habe mit dem Essen auf dich gewartet, Lieber. Geh und mach dich frisch, und dann komm gleich wieder.«

Richard ging ins Bad. Er liebte Lauras Ruhe. Er liebte es, zu Laura nach Hause zu kommen. Sein Kopf schmerzte.

Laura stellte ihm keine Fragen. Sie aßen schweigend. Erst beim Kaffee sagte sie: »Ist denn diese dumme Geschichte immer noch nicht erledigt?«

Richard stützte den Ellbogen auf den Tisch und beschattete sein Gesicht. Er nickte.

»Richard, du bist doch ein ordentlicher Mensch. Dieses späte Heimkommen, das Trinken – das paßt gar nicht zu dir. Was ist los?«

Richard starrte in seinen Kaffee.

»Nichts, Liebes. Nur diese dumme Untersuchung. Sie ist immer noch nicht vorbei.«

»Ich weiß gar nicht, wie du in solche Sachen hineingerätst.« Sie zündete sich eine Zigarette an. Er sah ihr zu und erkannte, wie tief beunruhigt sie innerlich war.

»Ich bin nicht hineingeraten.« Lieber Gott, was hatte es für einen Sinn?

»Du – du meinst doch nicht, daß man dich des Mordes verdächtigt?«

»Aber nein.« Richard hielt sich den Kopf. »Es ist nur – sie haben den Täter bis jetzt nicht gefunden.«

Laura schwieg. Richard spähte verstohlen unter seiner Hand hervor. Sie hatte ihr Sozialhelferinnengesicht aufgesetzt.

Richard schob seinen Kaffee weg und steckte sich eine Zigarette an. Warum nicht endlich sagen, was so lange unausgesprochen geblieben war? »Du machst mir immer noch Vorwürfe wegen Julie.«

»Nein.«

»Der Wagen hat sie getötet, und ich habe ihn gefahren.«

»Es war eben Schicksal.«

»Aber es beschäftigt dich unablässig.«

»Ich möchte nicht darüber sprechen«, sagte Laura heftig.

»Wir sollten aber darüber sprechen. Wir hätten damals schon darüber sprechen sollen.«

Laura drückte ihre Zigarette aus.

»Es hat keinen Sinn, darüber zu sprechen. Es ist aus und vorbei. Du willst nur dem wahren Thema ausweichen.«

»Unsinn. Das wird sich alles geben.«

Laura legte ihre Hand auf die seine.

»Du bist ein guter Mensch, Richard, und sanftmütig, aber du bist verwöhnt. Immer ist dir alles abgenommen worden, und nun hältst du das für selbstverständlich. Andere müssen für dich denken, für dich aufpassen. Ich hatte immer gehofft – ach, lassen wir das.« Sie zog ihre Hand weg und zündete sich eine neue Zigarette an. »Erzähl mir jetzt, was eigentlich los ist.«

»Nichts, Liebes. Nur Fragen.«

»Bis halb zehn, bei erhöhtem Alkoholkonsum?«

»Das war ein Geschäftsfreund, mit dem ich sprechen mußte.« Er sah sie an. »Was hast du immer gehofft?«

»Ach – nichts.« Sie zog mit dem Ende ihrer Zigarette Kreise im Aschenbecher.

Richard wußte, daß er Laura enttäuscht hatte. Er hatte keine Wunder versprochen, und es waren auch keine geschehen. Er war nur ein gewöhnlicher, intelligenter Mann, wesentlich vorsichtiger als die meisten, und diese ihm angeborene Vorsicht sah Laura als Kraftlosigkeit und Selbstsucht.

Laura stand auf. »Ich decke jetzt ab. Möchtest du noch etwas haben? Einen Drink?«

Richard schüttelte den Kopf.

»Geh zu Bett, Lieber. Du siehst wirklich müde aus. Ganz erschöpft.«

»Gleich.«

Nachdem Laura gegangen war, setzte er sich in sein Arbeitszimmer an den Schreibtisch. Seine Vorsicht! Der Mangel daran hatte Julie getötet; in ihrer Ausübung war er in das Dilemma geraten, in dem er sich jetzt befand.

Hatte er an diesem Abend irgend etwas von Cosgrove erfahren? Irgendeinen Hinweis darauf, daß sein Verdacht gegen Cosgrove begründet war? Cosgroves arrogantes Lächeln verspottete ihn. Cosgrove war viel zu gerissen, um sich bei irgend etwas ertappen zu lassen. Richard sah, daß er über Cosgrove niemals weiterkommen würde. Nur Forrest blieb, wenn der überhaupt bereit war, etwas zu tun.

Er stemmte sich aus dem Schreibtischsessel und ging nach oben.

Wenn er nur Forrest dazu bewegen könnte, sich die Dinge einmal von seinem Standpunkt aus anzusehen; sich näher mit dem Mann zu befassen, von dem sie glaubten, daß er ihn erfunden hatte.

Als er nach seiner Dusche ins Schlafzimmer kam, flüsterte Laura: »Liebling, bist du zu müde?«

Dankbar, voller Liebe, ging er zu Lauras Bett.

7

Er war immer noch verkatert vom Whisky des vergangenen Abends. Doch manchmal im Lauf des Morgens, wenn er an Laura dachte, vergaß Richard sein Unwohlsein und sogar die Gefahr, in der er schwebte. Lauras Hochherzigkeit vom vergangenen Abend würde für immer eine teure Erinnerung bleiben. Er wußte, daß sie mehr dem Mitleid als der Leidenschaft entsprungen war, dennoch war er dankbar. Und während er seinen Gedanken nachhing, wartete er unablässig darauf, daß das Telefon läuten und Forrest sich melden würde.

Miss Forsyth ging lächelnd ein und aus, organisierte sein Büroleben, sorgte für Ordnung in seinem Terminkalender und in seinen Akten. Er beneidete sie um ihre Fröhlichkeit. Sich über einen schönen Tag freuen zu können, über das Nachlassen des Windes, schien ihm ein einfaches Glück zu sein, das er nie wieder würde erlangen können. Und doch wußte er, daß Miss Forsyth ihren Glauben an ihn demonstrierte, so, wie Laura das am Abend zuvor getan hatte. Und dabei wartete er die ganze Zeit auf Forrests Anruf, wußte, daß er ohne Miss Forsyth vielleicht einem Gefühlsausbruch nachgeben würde – Tränen ohnmächtiger Wut vielleicht. Miss Forsyth hielt sein Image der Achtbarkeit intakt.

Der Morgen war beinahe um. War das ein gutes Zeichen? Ging Forrest anderen Spuren nach? Gab es andere Spuren? War es nicht wahrscheinlicher, daß Forrest dabei war, Richards Lüge, er habe in Cosgroves Straße einen Bekannten besucht, aufzudecken? Er fühlte sich angeekelt von seinen ständigen Lügen. Voll Haß wandten seine Gedanken sich Cosgrove zu. Richards Wort bezweifelte Forrest, nicht das von Cosgrove. Cosgroves stattlichen Herrn im grünen Holden würde Forrest nicht anzweifeln. Ihm schien es jetzt, daß die Erwähnung Cosgroves von dem imaginären Besucher der Theorie, daß Richard der Einbrecher war, zusätzlich Nahrung gab. War das Cosgroves Absicht gewesen? Die Art, wie Cosgrove ihn von Anfang an auf so verachtungsvolle Weise manipuliert hatte, brachte Richard zum Kochen. Wut war ein neues Gefühl bei ihm. In ohnmächtiger Wut hielt er jetzt Cosgrove jeder Infamie für fähig. Cosgrove sah in ihm einen Trottel. Aber eines Tages würde er es Cosgrove heimzahlen. Das würde aber auch für Laura Folgen haben.

Konnte er Laura das antun? War nicht Julies Tod Bürde genug?

»Vergessen Sie das Mittagessen nicht, Mr. Ross.« Richard fuhr zusammen. Miss Forsyth war schon auf dem Weg hinaus. Sie war extra in sein Büro gekommen. Aber das strahlende Lächeln, mit dem sie ihn bedachte, verbarg nicht die Sorge, die sie empfand.

Forrest rief an, als er gerade vom Mittagessen zurückkam. Verzweifelt setzte er seinen Hut wieder auf und machte sich auf den Weg.

Dasselbe Büro, derselbe Schreibtisch, dieselben Stühle, dieselben schmutzigweißen Wände. Er fühlte sich hier allmählich zu Hause.

Forrest war kurz und sachlich.

»Den Namen des Bekannten, den Sie am vergangenen Dienstagabend besucht haben, und die Adresse bitte, Mr. Ross!«

Aus irgendeinem Grund mußte Richard plötzlich an Jack Allen denken. Jack würde sich nicht zurückhalten; an Richards Stelle würde er Forrest gegenüber die ganze korrupte, kapitalistische

Cosgrove-Schweinerei aufdecken.

»Mr. Ross?«

Richard seufzte. »Es war Cosgrove.«

»Warum haben Sie das nicht gleich zugegeben?«

»Ich wollte mich raushalten – nach dem, was passiert war.«

»Und was war der Zweck Ihres Besuchs?«

Richard zögerte. »Rein privat. Wir arbeiten seit Jahren zusammen.«

»Aber Sie sehen Mr. Cosgrove doch jeden Tag im Büro.«

Richard zögerte länger. »Das ist eine andere Atmosphäre«, antwortete er schließlich. »Geschäft ist Geschäft. Außerhalb der Firma kann man Mensch sein.«

»Wo sind die Papiere, die Sie aus Mr. Cosgroves Wohnung mitgenommen haben?«

»Ich habe nicht in seiner Wohnung eingebrochen«, versetzte Richard ärgerlich. »Ich habe keine Papiere mitgenommen. Ich weiß nichts darüber.«

Nach einem kurzen Schweigen sagte Forrest: »Vielleicht haben Sie sie vernichtet.«

»Ich weiß nicht einmal, um was für Papiere es sich handelt.«

»Gut, lassen wir das. Sie wollten also Mr. Cosgrove besuchen. Und er war nicht da. Sie warteten auf ihn?«

»Ja. Ich klingelte mehrmals bei ihm, fuhr einmal um den Block herum und versuchte es noch einmal. Er war immer noch aus.«

»Und dann?«

»Dann bin ich nach draußen gegangen. Ich überlegte, ob ich fahren oder noch etwas warten sollte. Da kam dieser große, schlanke Mann aus dem Haus gelaufen und fuhr in einem Datsun davon. Das meinte ich gestern, als ich sagte, man müßte das Beweismaterial auf einen Fehler hin untersuchen.«

»Diesen imaginären Mann?«

»Er ist Wirklichkeit. Ich habe ihn gesehen.«

»Hm.« Forrest betrachtete ihn einen Moment. »Schön, dieser Mann rannte aus dem Haus und fuhr weg. Was geschah dann?«

»Dann wurde ich verfolgt. Ich hatte gerade noch einmal bei Cosgrove geklingelt und stand draußen, mit dem Gesicht zur Straße, als der Mann hinter mir aus dem Haus lief und über die Straße zu dem anderen Datsun rannte. Wie gesagt, ich wurde verfolgt, nahm aber an, es handele sich um einen Räuber.«

Forrest maß ihn mit skeptischem Blick.

»Slocombe forderte Sie auf stehenzubleiben. Glauben Sie, das entspricht dem normalen Verhalten eines Räubers?«

»Ich weiß es nicht. Mir ist noch nie so was passiert.«

»Sie finden es nicht unwahrscheinlich?«

»Jetzt schon. Aber damals hielt ich es für einen Trick. Ich dachte, Slocombe hätte es auf meine Brieftasche abgesehen.«

»Warum fuhren Sie nicht, als Sie feststellten, daß Mr. Cosgrove immer noch nicht da war?«

»Ich dachte mir, er hätte sich beim Abendessen verspätet. Er ißt immer auswärts. Er lebt allein.«

»War der Besuch bei Mr. Cosgrove so wichtig?«

Richard schwieg. Er zündete sich eine Zigarette an. Dabei hatte er sich vorgenommen, nicht zu rauchen.

»Hätten Sie nicht am nächsten Tag im Büro mit ihm sprechen können?« bohrte Forrest weiter.

»Er hatte mich extra gebeten, zu ihm zu kommen.«

»Warum?«

»Das fragen Sie ihn besser selbst.«

»Das haben wir getan«, sagte Forrest.

Was hatte Cosgrove gesagt? Warum verriet Forrest ihm nicht, was Cosgrove gesagt hatte? Was hinderte Richard daran, danach zu fragen? Er hatte einfach nicht den Mut.

Er wußte, daß Forrest klug war. Er war gründlich, beharrlich, geduldig, und er vergaß nichts. Hätte Forrests Klugheit Richard nicht trösten sollen?

Endlich sprach Forrest wieder. »Und Ihr Wagen?«

»Haben Sie das denn nicht nachgeprüft?« Richard mühte sich, von seiner Furcht nichts merken zu lassen. »Die Kennzeichen von grauen Datsuns.«

»Wir sind dabei, Mr. Ross.«

»Und Mietwagen?«

Forrest musterte ihn. »Sie glauben, jemand, der Ihnen zum Verwechseln ähnlich sieht, mietete einen grauen Datsun, der aussieht wie Ihrer?«

»Ja.«

»Warum?«

»Um mich zu belasten, um mich zum Sündenbock zu machen.«

»Sie sagten, Sie haben keine Feinde«, bemerkte Forrest.

Richard hielt sich den Kopf. Laura schien weit weg. Seine Stimme war leise.

»Ich habe auch keine. Das dachte ich jedenfalls.«

»Was hofften Sie, in Mr. Cosgroves Wohnung zu finden?«

Wurden so Geständnisse herausgepreßt? Er sah Forrest an.

»Ich betrat die Wohnung erst, als er zu Hause war und mich aufforderte hereinzukommen.«

»Überlegen Sie doch mal, Mr. Ross! Wer kann Sie so hassen, daß er sich zu solchen komplizierten Tricks versteigen würde, um Sie hereinzulegen?«

»Ich weiß es nicht. Ich sage es Ihnen doch. Keinem würde das einfallen.« Höchstens Cosgrove, dachte Richard.

»Sie sagten eben, das alles wurde arrangiert, um Sie zu belasten. Sie meinen den Einbruch?«

»Ja.«

»Und der Mord?«

»Ich dachte, das war – war das nicht ein Versehen?«

Forrest schwieg.

»Was passierte eigentlich?« fragte Richard.

»Sie wissen es nicht?«

Richard biß die Zähne zusammen und blieb stumm.

»Es war Pech für den Einbrecher«, sagte Forrest, »aber ganz besonders für Ian. Wir sind sicher, daß es nicht Vorsatz war. Ian stürzte, als der Einbrecher ihm einen Schlag versetzte, und schlug mit dem Kopf genau auf die niedrige Betonmauer.«

Richard hätte am liebsten geweint. Er trug am Tod von Ian Slocombe keine Schuld, doch irgendwie bestand für ihn zwischen dem Jungen und Julie eine enge Verbindung.

»Er war erst neunzehn«, fügte Forrest hinzu, »ohne Mutter aufgewachsen. Jahrelang strampelte sein Vater sich ab, weil er seinem Sohn eine Chance geben wollte. Slocombe ist Ausfahrer einer Konservenfabrik. Ian war sein Augapfel.«

Richard wartete. Er wußte, es würde mehr kommen.

»Also, Mr. Ross«, sagte Forrest nach einem Moment des Schweigens, »kommen wir endlich zum wahren Grund Ihres Aufenthalts in Bondi an jenem Abend.«

Richard spürte das Hämmern seines Herzens.

»Sie laufen ständig im Kreis«, sagte er. »Cosgrove hatte mich eingeladen. Ich kann nur sagen, erkundigen Sie sich über mich. Warum fragen Sie nicht Mr. Merrett?«

»Das haben wir getan.«

Richard wußte, daß Merrett nur Gutes über ihn sagen würde. Warum erwähnte Forrest das nicht? Er war doch verschlagen.

»Mr. Merrett hat nur Gutes über Sie gesagt«, bemerkte Forrest.

Beinahe hätte Richard hysterisch herausgelacht. Er unterdrückte den Impuls.

»Ich arbeite seit Jahren mit Cosgrove zusammen. Fragen Sie Cosgrove, was für ein Mensch ich bin.«

»Auch das haben wir getan. Und da finde ich etwas verwunderlich, Mr. Ross: In Anbetracht dessen, was Sie selbst von sich sagen, scheint Mr. Cosgrove mir kaum der Typ, den Sie sich zum Freund wählen würden.«

»Wir arbeiten zusammen, das ist alles.«

»Aber Sie besuchten ihn doch privat – auf seine Einladung hin?«

Richard war sich der Ungereimtheit in seiner Argumentation nur zu sehr bewußt.

»Er bezeichnet Sie als alten Freund«, bemerkte Forrest.

»Das ist seine Art. Wir sind keine Freunde, wir haben einander nie nahegestanden. Im Grunde kenne ich ihn kaum.«

»Ach?«

»Nun ja – allenfalls oberflächlich.«

»Und als Mr. Cosgrove nach Hause kam, verlief der Besuch wie geplant?«

»Ja.«

»Und Mr. Cosgroves Bekannter war auch da?«

Richard blickte Forrest verständnislos an.

»Der stattliche Herr«, erläuterte Forrest.

»Es war niemand sonst da.« Wieder eine Lüge zerstört, eine von Cosgroves Lügen.

»Nun«, meinte Forrest langsam, »das scheint mir einige Zweifel auf Mr. Cosgroves Aussage zu werfen.«

Richard, der sah, daß er einen winzigen Vorteil errungen hatte, hakte nach.

»Glauben Sie nicht, daß es sich unter diesen Umständen lohnt, den Rest meiner Geschichte zu überprüfen? Als Slocombe mich verfolgte, glaubte er offensichtlich, er wäre dem anderen Mann auf den Fersen.«

»Offensichtlich?«

»Für mich ist es offensichtlich.«

Nach einer weiteren Pause sagte Forrest: »Und würden Sie diesen großen, schlanken Mann, den Sie gesehen haben wollen, wiedererkennen?«

»Auf Anhieb.«

»Gut, Mr. Ross, wir gehen der Sache nach. Wenn wir Glück haben, finden wir ihn vielleicht in unserer Kartei – vorausgesetzt, er existiert.«

Und damit mußte Richard sich zufriedengeben. Doch wenigstens hatte jetzt die Mauer, die ihn umgab, einen Riß bekommen. Eine Frage blieb noch: Warum war er überhaupt dort gewesen? Würde Forrest auf eine Erklärung verzichten, wenn Richards Doppelgänger gefunden und seine Schuld nachgewiesen wurde? Ein großes ›Wenn‹. Forrest machte sich Gedanken über Richards

Besuch bei Cosgrove und würde sich auf die Dauer nicht mit Ausreden abspeisen lassen. Richard schien es, daß es da nur eines zu tun gäbe, und zwar auf der Stelle: Er mußte Merrett die ganze Sache mit den manipulierten Verträgen berichten. Damit würde er Cosgrove den Boden unter den Füßen wegziehen. Der Gedanke erfüllte ihn mit grimmiger Freude.

Er war wieder in der Firma. Es war ein Viertel nach vier. Keine Verzögerung diesmal. Vom Lift ging er direkt zu Merretts Büro. Nur Merretts Sekretärin war da, eine massige, grauhaarige Frau.

»Mr. Merrett ist bis Donnerstag in Melbourne«, sagte sie auf Richards Frage. Damit war er für sie nicht mehr vorhanden. Richard war für Miss Carstairs nur ein kleiner Fisch.

Unschlüssig stand er im Korridor. Es schien ihm eine Ungerechtigkeit des Schicksals, daß er nun zwei Tage warten sollte. Wütend marschierte er zu Cosgroves Büro. Es war leer. Die rundliche, blonde Sekretärin teilte ihm mit, daß Cosgrove erst am nächsten Tag wieder in die Firma kommen würde.

»Ist er verreist?«

»Nein, nein, er ist irgendwo hier in der Gegend.«

Richard kehrte in sein eigenes Büro zurück und zwang sich, zu arbeiten. Er saß immer noch über seinen Papieren, als Miss Forsyth ihm um halb sechs Gute Nacht wünschte. Gegen sechs wählte er Cosgroves Privatnummer.

»Wer ist da?« Cosgrove schien schlechter Laune.

»Ross«, antwortete Richard. »Paßt's Ihnen, wenn ich kurz vorbeikomme?«

»Jetzt? Ich will gleich zum Essen gehen.«

»Kann ich ja mitkommen«, meinte Richard.

»Hören Sie, alter Junge, ich würde mich an Ihrer Stelle hier nicht blicken lassen.« Cosgroves Ton enthielt eine Drohung.

»Was soll das heißen?«

»Slocombe. Gehen Sie ihm lieber aus dem Weg. Der Mann hat's auf Sie abgesehen.«

»Das glaube ich nicht«, entgegnete Richard. »Er leidet schrecklich, aber an Rache denkt er gar nicht.«

»Glauben Sie! Ich hab' mich mit dem Mann unterhalten, hab' ihm gut zugeredet, aber geholfen hat's gar nichts. Bleiben Sie ihm lieber aus dem Weg!«

Richard hätte sich auf eine Diskussion einlassen können, aber wozu?

»Ich wollte nur mal mit Ihnen reden«, sagte er unbeholfen.

»Ich mach' Ihnen einen Vorschlag, Richie. Wenn's was zu besprechen gibt, komm ich zu Ihnen – zu jeder Tages- und Nachtzeit, was halten Sie davon?«

»Gut«, erwiderte Richard, »heute abend?«

»Heute abend kann ich nicht, Kumpel. Aber morgen. Tun Sie lieber was für Ihre Schönheit, und schlafen Sie sich aus.«

»Ich habe noch zu arbeiten.«

»Was?«

»Ja, ich bin ziemlich hinterher. Ich bleibe noch zwei Stunden im Büro. Also, morgen dann. Kommen Sie zum Essen! Ich sage meiner Frau Bescheid.«

»Mit Vergnügen, alter Junge. Bis dann.«

Cosgrove legte auf.

Richard rief zu Hause an, um Laura zu sagen, daß er später kommen würde. Niemand meldete sich. Zuerst Merrett, dann Cosgrove, jetzt Laura. Er fühlte sich verwirrt und betrogen. Es kostete ihn Anstrengung, sich an die Arbeit zu machen; doch bald war er in sie vertieft. Gegen Viertel nach acht ging er mit dem Gefühl, daß dieser Unglückstag doch noch etwas gebracht hatte.

Auf der Heimfahrt überlegte er, wo Laura sein könnte. Sie hatte am Morgen nichts gesagt. Er bog in die Straße ein, in der ihr Haus stand. Sternklarer Himmel, Ruhe, Frieden. Irgendwo bellte ein Hund.

Plötzlich sah er, daß direkt vor der Einfahrt zum Haus ein Lieferwagen stand. Völlig unnötigerweise. Auf der Straße war genug Platz zum Parken. Richard bremste ab und hupte. Er hupte noch einmal und hielt an. Vielleicht war der Lieferwagen leer. Erneut hupte Richard, voller Ärger jetzt. Nichts geschah. Langsam fuhr Richard neben den Lieferwagen und hielt an. Ein Mann saß reglos hinter dem Steuer. Wie tot. Doch Richard sah das glühende Ende seiner Zigarette.

Richard rutschte über den Sitz und streckte den Kopf zum Fenster hinaus.

»Würden Sie bitte ein Stück vorfahren. Sie stehen direkt vor meiner Einfahrt.«

Der Mann reagierte nicht. Wütend sprang Richard aus dem Wagen und ging zum Lieferwagen.

»Entschuldigen Sie, haben Sie mich nicht gehört? Sie stehen vor meiner Einfahrt. Bitte fahren Sie vor.« Der Mann war nur ein Schemen. Richard sah nur seine dunklen Konturen. »Ist Ihnen nicht gut?«

Plötzlich wurde der Mann lebendig. Er warf die Zigarette Richard ins Gesicht, als seine Tür aufflog und er auf Richard hinuntersprang.

Richard zweifelte nicht einen Moment lang daran, daß der Mann Slocombe war. Die Zigarette, die ihm ins Gesicht flog, machte ihn wild. Zweifellos hatte Slocombe ihn mit dem Sprung zu Boden reißen wollen; aber Richard wich geschickt aus. Er bekam einen von Slocombes Armen zu fassen, der andere traf ihm jedoch mit der Wucht eines Vorschlaghammers am Kopf. Es flimmerte ihm vor den Augen, doch er ließ nicht locker, und es gelang ihm, mit dem anderen Arm Slocombes Hals zu umschlingen. Slocombe war wendig, trotz seiner Stämmigkeit. Es war ein grimmiger Kampf, der stumm und erbittert geführt wurde. Richard spürte, wie Blut aus seiner Nase rann. Ein wütendes Gefühl der Erniedrigung trieb ihn zu einer letzten Kraftanstrengung. Er versetzte Slocombe einen Faustschlag, der diesen ins Wanken brachte. Der Mann torkelte gegen den Kühler von Richards Wagen. Richard riß ihn wieder hoch und schleuderte ihn gegen den Lieferwagen. Slocombe sank in sich zusammen, doch er stürzte nicht. Er hing nur dort wie ein nasser Sack. Erst jetzt bemerkte Richard, daß er eine Mütze trug, die auch den größten Teil seines Gesichts bedeckte.

»Verschwinden Sie«, keuchte Richard. »Verschwinden Sie und lassen Sie sich hier nicht wieder blicken. Ich habe Ihren Sohn nicht getötet. Lassen Sie mich endlich in Frieden!«

Ohne ein Wort öffnete Slocombe die Tür des Lieferwagens und kletterte hinein. Er ließ den Motor an und brauste davon.

Richard stieg wieder in seinen Wagen und fuhr zum Haus hinauf. Die Außenbeleuchtung brannte wie gewöhnlich. Er stellte den Wagen in die Garage. Erst als er im Haus war und die Tür geschlossen hatte, fühlte er sich in Sicherheit. Und erst da machte sich der Schock bemerkbar. Zu Tode erschöpft sank er auf den Sessel im Vestibül. Eine Weile blieb er sitzen, dann torkelte er wie ein Betrunkener ins Badezimmer. Beim Anblick seines Gesichts im Spiegel wurde ihm übel. Er nahm die Brille ab und wusch sich das Gesicht. Dann betastete er vorsichtig seinen ganzen Kopf. Dunkle Schwellungen zeigten sich an seiner rechten Schläfe und der linken Seite seines Unterkiefers. Seine Brille war verbogen, aber nicht zerbrochen. Es wunderte ihn, daß er sie nicht verloren hatte.

Er ging nach oben und öffnete die Schlafzimmertür. Das Zimmer war leer.

Richard duschte und ging wieder nach unten. Er war nicht hungrig. Im Wohnzimmer schenkte er sich einen Whisky ein und schaltete den Fernsehapparat an.

Der Lieferwagen hatte ihm aufgelauert. Das hatte er von Slocombe nicht erwartet. Er hatte ihn falsch eingeschätzt.

Es konnte nur Slocombe gewesen sein. Slocombe fuhr einen Lieferwagen.

Was würde Laura von Cosgrove halten, wenn er morgen abend zum Essen kam?

8

Er merkte erst, daß Laura nach Hause gekommen war, als die Wohnzimmertür sich öffnete. Er starrte immer noch in den Fernsehapparat und hatte sich seinen zweiten Whisky eingeschenkt. Er schaltete den Apparat aus, als Laura das Licht anknipste. Er stand auf und sah Laura an.

»Richard, dein Gesicht? Was ist passiert?« Erschreckt kam sie zu ihm und faßte seine Arme.

Richard wich ihr aus und wandte sich ab.

»Ein paar Jugendliche.«

Er setzte sich wieder in den Sessel.

»Was soll das heißen?«

Sie stand vor ihm. Ihre Stimme klang jetzt anders, nicht mehr erschreckt, nur noch sachlich und befehlend. Die Sozialhelferin beim Sammeln der Fakten, dachte Richard müde.

»Zwei junge Kerle sprangen aus dem Gebüsch und wollten mich berauben.«

»Wo?«

»An der Ecke. Ich hatte angehalten, weil ich mir noch Zigaretten besorgen wollte.« Fiel ihm das Lügen schon leichter?

»Hast du es angezeigt?«

»Nein.«

Laura ging zum Telefon.

»Nein!« Es war ein schroffer Befehl, und Laura drehte sich erstaunt um. Dann sagte sie: »Ich finde, wir sollten den Arzt holen.«

»Nein, Liebling, es ist wirklich nicht so schlimm, wie es aussieht. Nur ein paar Blutergüsse.« Als Laura wieder näher kam, fügte er hinzu: »Ich habe gegen sechs angerufen, weil ich dir sagen wollte, daß ich länger arbeiten würde.«

»Du hast Zigaretten genug hier, Richard. Es sind immer welche in deinem Schreibtisch.« Sie sah ihn verwundert und ein wenig zerstreut an.

»Ich hab' nicht nachgedacht, Liebling. Ich wollte eine rauchen und hatte keine mehr. Du warst nicht da, als ich anrief.«

»Ich war bei Helen. So um halb sechs packte mich plötzlich die Lust, mal wieder mit ihr zu reden, und da bin ich losgefahren.«

»Ungewöhnlich für dich.« Ärger regte sich in ihm.

»Du benimmst dich auch seit einiger Zeit recht ungewöhnlich, Richard, findest du nicht?«

»Du warst lange nicht mehr mit Helen zusammen.«

»Nein.«

Richard schwieg. Seine Abneigung gegen Helen Danby war unlogisch und hatte, so vermutete er, ihren Ursprung in Eifersucht. Helen war seit langem Lauras Freundin und immer noch ihre beste Freundin. Sie war Sozialhelferin wie Laura, einige Jahre älter als Laura, eine grobknochige Junggesellin mit kurzem braunen Haar, das schon anfing, grau zu werden. Laura mußte mit dem Taxi gefahren sein. Seit Julies Tod fuhr sie nicht mehr Auto. Nach Lauras Heirat hatten die beiden Frauen einander kaum noch gesehen. Und heute plötzlich war Laura zu Helen gefahren. Weil sie gerade die Lust gepackt hatte. Richard leerte sein Glas.

»Du siehst so müde aus, Richard. Und trinkst immer noch.« Er hatte das Gefühl, sie läse seine Gedanken. »Die Ermittlungen gehen immer noch weiter, nicht?«

»Ja.«

»Hast du gegessen?«

»Ja, auf dem Heimweg.« Er war des Verhörs müde.

»Du mußt mir alles sagen, Richard. Nur einen Augenblick, Lieber.«

Sie ging weg und kam gleich mit zwei Drinks zurück. Am besten war, er brachte es hinter sich. Er konnte Laura nicht ewig hinters Licht führen. Sie setzte sich ihm gegenüber.

»Ich war an dem Abend tatsächlich in Bondi«, sagte Richard. »Ich habe nicht mit Adams gearbeitet. Ich war bei Cosgrove, diesem Arbeitskollegen, bei dem eingebrochen wurde. Cosgrove hatte mich für halb neun bestellt. Ich war früher da und wartete...« Er skizzierte Laura die Ereignisse jenes Abends. »Als ich später ging«, schloß er, »stand draußen ein Streifenwagen. Aber ich maß dem damals natürlich keine Bedeutung bei.«

Er leierte seine Geschichte so monoton herunter, als hätte er sie auswendig gelernt.

»Weiter, Liebling«, forderte Laura ihn auf.

»Der Mann, den ich weglaufen sah, war der Einbrecher und Mörder. Nur er kann es sein.«

»Natürlich«, bestätigte Laura. »Das ist doch offensichtlich. Haben sie den Mann denn nicht verhaftet?«

»Sie sind sich nicht völlig sicher, daß er der Schuldige ist.«

»Aber du hast doch eben gesagt – wer sonst soll es denn gewesen sein?«

»Sie meinen –« Richard holte tief Atem. »Sie meinen, ich könnte es gewesen sein.«

»Du? Das ist ja – das ist doch einfach lächerlich.« Richard blieb stumm. Er konnte ihr nicht in die Augen sehen und zündete sich eine Zigarette an. »Oder nicht?«

»Sie haben den Mann nicht gefunden. Sie haben nur mein Wort dafür, daß er überhaupt existiert. Ich war derjenige, den Slocombe verfolgte. Ich war zur richtigen Zeit am richtigen Ort. Alles sieht richtig aus, aber es ist alles falsch.«

Laura blickte ihn aufmerksam an.

»Warum warst du überhaupt dort?«

»Um Cosgrove zu besuchen. Er hatte mich für halb neun bestellt.«

»Aber warum denn?«

»Ohne besonderen Grund.«

»Er muß doch einen Grund gehabt haben.«

»Er wollte sich eben mal mit mir unterhalten.« Wie hätte er Laura die Wahrheit erklären können? Und gerade jetzt, wo es den Anschein hatte, als wollte er sich herauswinden?

Laura lehnte sich zurück. Sie hatte ihren Drink nicht angerührt. Sie sah ihn an, doch sie sagte nichts. Sie glaubte ihm nicht.

Laura stand auf. Sie ging ein paar Schritte weg, dann blieb sie stehen. Ihr Kopf war gesenkt. Sie wirkte niedergeschlagen – nein, enttäuscht. Plötzlich war er sicher, daß Sie Verständnis haben würde. Laura kannte ihn besser als jeder andere. Er wußte, daß er ihre Zweifel nicht ertragen konnte.

»Laura!« Sie drehte sich sofort um. »Ich will dir sagen, warum ich bei Cosgrove war.«

Laura kam zurück und setzte sich. Richard drückte seine Zigarette aus. Er erzählte ihr alles. Sie hörte ruhig zu. Als er geendet hatte, stand sie auf und kam zu ihm. Sie küßte seine Stirn und streichelte sein Haar.

»Und das alles hast du der Polizei erzählt?« fragte sie.

»Nein, von dem Schwindel nicht.«

Laura starrte ihn an. »Warum nicht?«

Er war so müde. »Weil ich da schon wußte, auf welcher Basis die Organisation operiert.«

»Und?« fragte Laura. Als er schwieg, rief sie: »Ich verstehe dich nicht. Du mußt das doch sagen. Es muß aufgedeckt werden.«

»Setz dich, Liebling, dann ist es einfacher.« Laura setzte sich. »Cosgrove drohte mir damit, daß ich schon zu lange Bescheid gewußt und nichts unternommen hätte, daß ich jetzt viel zuviel wüßte und keinen Beweis dafür hätte, daß ich nicht von Anfang an im Bilde gewesen wäre. Trotzdem wollte ich am folgenden Tag mit Merrett reden. Aber da kam diese Mordsache. Der Mörder ist in Cosgroves Wohnung eingebrochen. Selbstverständlich nahm man Cosgroves Kollegen unter die Lupe. Ich besaß den identifizierten Wagen, auf mich paßte die Beschreibung, die Slocombe und andere Zeugen abgegeben hatten. Ich bin der Mann, den Slocombe verfolgte. Verstehst du jetzt, Liebling? Wenn ich von den korrupten Praktiken Cosgroves etwas sagen würde, dann würde das den Verdacht gegen mich nur verstärken. Die Polizei würde dann davon ausgehen, daß ich in Cosgroves Wohnung einbrach, um Material zu vernichten, das mich belastet.«

»Nein, das verstehe ich nicht«, entgegnete Laura. »Cosgrove kann deine Aussage doch bestätigen.« Richard schwieg. »Oder nicht?« Als Richard immer noch nichts sagte, stellte sie fest: »Du meinst, er wird es nicht tun. Er möchte dich zwingen, über diese schmutzigen Machenschaften zu schweigen.«

Abrupt stand Laura auf. »Wie haben diese Jugendlichen eigentlich ausgesehen, die dich überfallen haben?«

»Wie Jugendliche eben. Es ist vorbei. Mach dir darüber kein Kopfzerbrechen.«

»Ich mach' dir jetzt einen Becher Milch warm, und dann gehst du zu Bett.« Ein brüsker Ton in ihrer Stimme ließ Richard aufblikken. Sie hatte ihr, wie er es nannte, Julie-Gesicht aufgesetzt, einen strengen Ausdruck unterdrückten Vorwurfs. Galt es wieder seiner Unzulänglichkeit? Sie ging hinaus.

Sie glaubte nicht an die Jugendlichen. Richard war nicht sicher, daß Laura ihm überhaupt glaubte. Was hatte sie auch für eine Wahl? Seine Version, unwahrscheinlich und unbestätigt, gegen eine Last von Beweisen, die ihn zu verurteilen schienen. Dennoch hätte Laura an ihn glauben müssen. Ihr Vertrauen in ihn hätte rückhaltlos sein müssen. Wenn die Wahrheit endlich herauskam, dann vielleicht würde sich zeigen, daß Laura unzulänglich war. Sie hätte ihm vertrauen müssen, wie er ihr vertraute. Er dachte an Helen Danby.

Als Laura mit einem Tablett zurückkam, sagte Richard: »Ich erwarte von dir, daß du über diese Sache nicht sprichst.«

»Natürlich nicht.« Sie stellte das Tablett neben ihn auf einen Beistelltisch.

»Auch nicht mit Helen.«

»Das hat doch mit Helen nichts zu tun.«

Um des lieben Friedens willen trank Richard die Milch. Ihm fiel ein, daß am nächsten Tag Cosgrove kommen würde, doch er sagte nichts.

Im Bett quälte ihn die Frage, ob es klug gewesen war, Laura alles zu erzählen. Er konnte nicht einschlafen. Sein Kopf schmerzte. Doch Laura konnte ruhig schlafen. Seine Gedanken verwirrten sich so, daß er sich einbildete, Laura würde sich über das zusätzliche Einkommen freuen, das er verdienen könnte, wenn er auf Cosgroves Vorschläge einging. Niemand hat saubere Hände, hatte Cosgrove gesagt. Er fühlte sich leer.

Beim Frühstück am nächsten Morgen sagte Laura: »Sorg dich nicht, Liebling. Es wird schon alles gut.«

Richard konnte nicht sprechen. Er schämte sich der Gedanken, die ihm in der Nacht im Kopf herumgespukt waren. Es war richtig gewesen, Laura alles zu sagen. So schlimm war das alles gar nicht. Morgen kam Merrett zurück, und er würde endlich reinen Tisch machen. Noch heute morgen wollte er sich von Merretts Sekretärin einen Termin geben lassen.

Miss Carstairs sah die Termine für Donnerstag durch und meinte, Richard könne mittags noch eingeschoben werden. Ihre Augen schreckten vor seinem verschwollenen Gesicht zurück und richteten sich auf den Hut in seiner Hand. Richard kam sich vor wie ein Kind, das man bei einer Missetat ertappt hat.

Der Morgen verging rasch. Miss Forsyth war erfreut, daß er am Abend zuvor soviel aufgearbeitet hatte. Seine blauen Flecken vermerkte sie ohne Kommentar. Freitag, dachte er, würde er Miss Forsyth vielleicht zum Mittagessen einladen, ihr mit irgendeiner plausiblen Ausrede seine dauernden Abwesenheiten erklären. Er beschloß, nach der Mittagszeit Cosgrove anzurufen und die Einladung zum Abendessen rückgängig zu machen. Sie hatte ihren Sinn verloren. Sie hatte sowieso wenig Sinn gehabt.

Aber kurz vor der Mittagspause erschien Cosgrove in Richards Büro.

»Wegen heute abend, Kumpel. Sie fahren voraus, ich folge, okay?«

»In Ordnung«, sagte Richard.

»Ich hole Sie um halb sechs hier ab.«

»In Ordnung.« Richard schämte sich seiner Schwäche.

»Wir müssen doch aufeinander aufpassen, was, alter Junge?« Cosgrove schlug ihm freundschaftlich auf die Schulter. Dann ging er zur Tür. Dort drehte er sich noch einmal um und zwinkerte.

»Ich wollte Ihnen nur sagen, Richie – Alf würde sich freuen, Ihnen ein Alibi zu geben.«

»Alf?« Er dachte langsam, wie immer.

»Mein stattlicher Freund.«

»Ach so! Ja. Gut.« Richard entblößte die Zähne zu einem Lächeln. Er wußte, daß Cosgrove keine müßige Konversation machte. Jedes Wort enthielt eine Drohung.

»Mensch, Kumpel!« Cosgrove kam zum Schreibtisch zurück und starrte ihn an. »Wie sieht denn Ihr Gesicht aus?«

»Ich bin gestern abend mit ein paar Jugendlichen zusammengestoßen. Es ist nichts.«

Cosgroves Lächeln war wissend. Vielleicht hatte Slocombe ihm von dem Zwischenfall erzählt. Richard war es gleich. Er konnte Cosgrove nicht mehr sehen.

»Also, bis heute nachmittag«, sagte er.

Beim Mittagessen kam Richard ein Gedanke. Ein Geistesblitz war es nicht, aber immerhin etwas. Als er wieder im Büro war, rief er Forrest an.

»Ja, Mr. Ross?«

»Sie erinnern sich doch an den Freund von Cosgrove, den stattlichen Herrn?«

»Ja.«

»Ich glaube, es gibt ihn wirklich. Mit Vornamen heißt er Alf – Alfred wahrscheinlich. Vielleicht können Sie ihn ausfindig machen.«

»Danke, Mr. Ross. Ja, das könnte uns weiterhelfen. Sonst noch etwas?«

»Sind Sie – wollten Sie mich heute noch sprechen?«

»Vorläufig nicht, Mr. Ross. Ich melde mich wieder.«

Richard stieß einen Seufzer der Erleichterung aus. Sobald er bei Merrett gewesen war, konnte er Forrest gegenüber offen sein. Dann brauchte man nur noch seinen Doppelgänger zu finden und zu fassen. Von morgen an steuerte er den Kurs der Wahrheit. Die Wahrheit würde Cosgrove aus der Fassung bringen; er besaß keine

Waffe gegen sie. Vielleicht würde ihm schließlich sogar Slocombe glauben.

Cosgrove war in gewohnter Whiskystimmung, als sie von der Firma wegfuhren. Wie würde Laura auf ihn reagieren? Er würde ihr unsympathisch sein; doch Richard hoffte, daß sie jetzt, wo sie mit den Umständen vertraut war, verstand, daß er Cosgrove bei Laune halten mußte.

Er erwartete, daß sie es ihm nicht übelnehmen würde. Doch er sah gleich die Mißbilligung hinter der Maske ihres Lächelns. Sie galt ihm, nicht Cosgrove. Sie machte es Richard zum Vorwurf, daß er Cosgrove einfach mitgebracht hatte, daß er überhaupt einen solchen Menschen in ihr Haus gebracht hatte. Erkannte sie denn die Situation nicht? Er war ärgerlich, wurde durch ihre Voreingenommenheit gezwungen, sich auf Cosgroves Seite zu schlagen.

Er machte sie miteinander bekannt. »Können wir vor dem Essen noch einen trinken?« fragte er in aufgeräumtem Ton, der absolut unecht klang.

»Natürlich.« Sie sah sehr attraktiv aus in dem tiefblauen Pullover, der mit ihrer Augenfarbe übereinstimmte.

Im Wohnzimmer schenkte Richard Whisky ein. »Sherry, Liebling?« fragte er.

»Nein, danke. Ich habe noch ein bißchen zu tun.«

Sie beobachtete Cosgrove, der unbefangen, als wäre er zu Hause, umherging und Bilder und kleine Antiquitäten betrachtete.

»Hm, nicht schlecht«, sagte er. »Wirklich nicht schlecht, Richie.«

»Danke. Die Sachen hat größtenteils meine Frau ausgesucht.« Cosgroves gönnerhafte Art ärgerte ihn. Er dachte an Cosgroves Wohnzimmer.

»Nehmen Sie doch Platz, Mr. Cosgrove«, sagte Laura. Sie wandte sich zur Tür.

Cosgrove stürzte vor und hielt ihr die Tür auf, während er den anderen Arm um ihre Mitte legte. Auf seinem Gesicht lag das Lächeln, das er nur Frauen vorbehielt, eine widerliche Mischung aus männlichem Beschützertum und unverschämter Geilheit. Laura dankte ihm und ging hinaus.

Sie tranken noch zwei Whiskys. Richard wünschte, der Abend wäre schon vorbei. Cosgrove erwähnte einige neue Leute, die man in die Hand bekommen hatte, die dafür sorgen würden, daß alles so lief, wie man es sich vorstellte. Richard fürchtete die Wirkung solchen Geredes auf Laura. Cosgroves Gebaren war prahlerisch und besitzergreifend.

Zum Essen wollte Cosgrove keinen Wein. Er trank weiterhin Whisky.

Mit vollem Mund sagte er zu Laura: »Richie hat's jetzt geschafft. Er sitzt ganz oben bei den Bonzen. Ich hab' ihm ein bißchen die Augen geöffnet. Hat er's Ihnen erzählt? Ihr heiliger Richie hat sich eingebildet, wir lieferten schlechte Ware an die Hungernden. Können Sie sich das vorstellen? Wir sind eine Vertriebsfirma, Mrs. Ross. Wir haben mit der Verpackung der Ware nichts zu tun. Wir bedienen uns lediglich zuverlässiger Lieferanten.«

»Wie Boniface«, bemerkte Richard und wünschte gleich, er hätte es nicht gesagt.

»Hören Sie doch auf mit Boniface, Kumpel«, fuhr Cosgrove ihn an. »Wo sind überhaupt Ihre Beweise? Das Zeug ist inzwischen längst verspeist, und eines können Sie mir glauben, alter Junge – die können da drüben auf dem Schwarzen Markt viel mehr Kohlen machen.«

Richard wagte es nicht, Laura anzusehen.

»Es gibt immer noch ein paar ehrliche Leute«, sagte er.

Cosgrove lachte. »Nur die, die sich nicht erwischen lassen.« Er zwinkerte Laura zu. »Wir wollen doch alle reich werden. Warum auch nicht? Richie und ich arbeiten Hand in Hand, Mrs. Ross. Wir haben unsere Geheimnisse, wie, Kumpel?« Er richtete seine volle Aufmerksamkeit auf Laura. »Sie sind eine tolle Köchin, Mrs. Ross.«

Laura stand auf. Cosgrove sprang vom Stuhl, um ihr zu helfen, und stolperte.

»Es ist schon gut, Mr. Cosgrove«, sagte Laura.

»Damen gegenüber muß man immer ritterlich sein. Wie kann ich helfen? Ihr Wort ist mir Befehl.«

»Nichts, danke. Setzen Sie sich!« Laura entzog ihm ihren Arm und ging hinaus.

»Die Schneekönigin persönlich«, sagte Cosgrove zu Richard.

Richard biß die Zähne aufeinander. Er nahm seine Brille ab und polierte die Gläser mit der Serviette, nur um seinen Händen etwas zu tun zu geben.

Nach einer Tasse Kaffee fuhr Cosgrove nach Hause. Richard ging hinein, um sich mit Laura auszusprechen. Sie war schon nach oben gegangen. Sie saß vor dem Spiegel und tat gar nichts.

»Laura.«

»Ich möchte nicht darüber sprechen, Richard.«

9

»Mein lieber Richard, kommen Sie herein. Nehmen Sie Platz!«

Angesichts des freundlichen Empfangs fühlte sich Richard gleich wohler. Er brauchte dringend Aufmunterung nach dem vergangenen Abend und nach diesem Morgen, bei dem Laura mit Kopfschmerzen im Bett geblieben war.

»Sie haben abgenommen, mein Junge.«

Richard lächelte. »Etwas.«

»Das ist ungerecht. Mir täte ein bißchen Gewichtsverlust ganz gut; aber doch nicht Ihnen.« Merretts glasblaue Augen blitzten verschmitzt. »Nun, Richard, was führt Sie hierher? – Oh, was ist denn mit Ihrem Gesicht los?«

»Ach nichts. Ich bin mit zwei Halbstarken zusammengestoßen.«

»Was aus den Kindern heutzutage noch werden soll!« sagte Merrett, der selbst keine hatte. »Also, Richard. Es muß sich um etwas Wichtiges handeln, wenn Sie es sogar mit der alten Carstairs aufgenommen haben.« Das Lächeln hätte nicht herzlicher sein können.

»Das stimmt, und die Sache ist nicht sehr erfreulich.« Richard zog seine Zigaretten heraus.

»Rauchen Sie nur!«

Richard zündete sich eine Zigarette an.

»Es handelt sich um den Abend, als bei Cosgrove eingebrochen wurde. Ich sagte Ihnen, ich sei nicht dort gewesen. Aber ich war dort. Es war kein Freundschaftsbesuch – ich will sagen, ich hatte einen besonderen Anlaß, Cosgrove aufzusuchen. Ungefähr eine Woche vorher, genau eine Woche vorher, bemerkte ich rein durch Zufall etwas recht Beunruhigendes.«

Er hielt inne und sog an seiner Zigarette.

»Bitte, kommen Sie zur Sache, Richard.«

Er hatte vorgehabt, kurz und präzise zu sein. Keinesfalls wollte er Merrett ungeduldig machen.

»Mir fiel auf, daß Boniface den Vertrag von Shipton bekam.«

»Und?« Merretts Lächeln war ermutigend. Er wirkte äußerst aufmerksam.

»Nun ja, Sir, ich sah nicht ein, weshalb. Ich unterhielt mich mit Shiptons Repräsentanten, Mr. Porter, und seine Reaktion machte mich mißtrauisch. Weniger das, was er sagte, als der Ausdruck auf seinem Gesicht. Er riet mir, Boniface zu fragen. Ich wußte, daß Boniface schon einmal eine Verwarnung erhalten hatte, und ich konnte nicht verstehen, wieso gerade diese Firma einen zuverlässigen Lieferanten wie Shipton verdrängen sollte.«

»Mein lieber Richard.« Merrett lehnte sich zurück und griff nach einem goldenen Drehbleistift. »Der Exportmarkt ist in ständiger Bewegung. Das müßten Sie doch wissen. Rasche Veränderungen, Hochs und Tiefs. Wenn wir uns jedes Tief zu Herzen nähmen, wären wir schon bankrott. Es muß einen triftigen Grund für den Wechsel gegeben haben.«

»O ja«, sagte Richard.

»Na also.« Merrett sah auf seine Uhr. »Übrigens, hat dieser Polizeibeamte die Sache für Sie endlich geregelt?«

»Nein. Solange man den Schuldigen nicht gefunden hat, werde ich immer noch des Einbruchs und des Mordes verdächtigt.«

»Das tut mir aber wirklich leid, Richard. Jeder, der Sie kennt, muß diese Vorstellung einfach lachhaft finden.« Er beugte sich vor. »Überlassen Sie die ganze Geschichte einfach diesem Soundso. Er wird schon alles ins reine bringen.«

»Ja, Sir. Ich wollte über diese andere Sache mit Ihnen sprechen.«

»Was für eine andere Sache?« Merretts Lächeln war eine Spur weniger warm.

»Den Grund für den Wechsel von Shipton zu Boniface. Es war Bestechung.«

Merretts Lächeln erlosch. »Das ist eine sehr ernste Anschuldigung«, sagte er langsam. »Ich mag solchen Klatsch nicht, Richard.«

»Es ist kein Klatsch, Sir. Es ist nur eine Transaktion innerhalb eines weit größeren Netzes von Korruption. Die meisten unserer Vertragslieferanten stecken mit drin. Das Netz reicht bis nach Übersee. Und noch etwas – es könnte gar nicht so weite Kreise ziehen, wenn nicht auch Leute von den Banken und den Ministerien und so weiter mitmachten. Der Gewinn ist groß, und einige wenige Leute streichen ihn ein.«

»Wenn das wahr ist –« Merrett starrte auf den goldenen Bleistift, mit dem er spielte. »Es versteht sich von selbst, daß ich der Sache nachgehen muß – mit äußerster Diskretion natürlich.«

Richard seufzte. Gott sei Dank. Jetzt konnte er alles Merrett überlassen. Er drückte seine Zigarette aus.

»Und Richard – lassen Sie vorläufig kein Wort über diese Geschichte verlauten.«

»Äh, Sir, ich hoffte, ich könnte jetzt Forrest erklären, dem Inspektor, warum ich bei Cosgrove war. Sehen Sie –«

»Mein lieber Richard, für dumm hätte ich Sie nie gehalten. Es geht um die Prioritäten, verstehen Sie das nicht?«

Richard sah seine eigenen Prioritäten. Er sagte nichts.

»Wir können nicht zulassen, daß von dieser Sache etwas durchsickert. Sie haben keinen Beweis, oder? Denken Sie daran, wie sich das auf die Firma auswirken muß, wenn etwas an die Öffentlichkeit dränge. Schmutz klebt. Und inwiefern könnte es für Sie von Nutzen sein, darüber zu sprechen? Ihre ganze Geschichte ist doch unlogisch. Warum mußten Sie in Cosgroves Wohnung fahren, wenn Sie ihn jederzeit im Büro sprechen konnten?« Merrett lächelte. »Ich mache mir Sorgen um sie, Richard. Sie scheinen mir nervlich völlig überreizt. Und Sie rauchen zuviel, nicht wahr? Wenn diese andere Sache aufgeklärt ist, machen Sie erst einmal lange Urlaub – was halten Sie davon?«

»Nun –«

»Lassen wir das, Richard. Es ist erledigt. Glauben Sie nicht, daß das, was Sie mir eben gesagt haben, mir keine Sorgen macht. Im Gegenteil! Aber ich glaube fast, da hat sich jemand einen Scherz mit Ihnen erlaubt. Es ist sicher keine Sache, über die man Scherze macht, derartige Scherze sind gar nicht komisch. Deshalb bitte ich Sie, das alles zu vergessen. Es könnte für die Firma tödlich sein, wenn unbedachtes Gerede dieser Art in die Welt gesetzt wird.« Das Lächeln war wieder da, in seiner ganzen Herzlichkeit. »War das alles, Richard?« Merrett stand auf.

Alles! Richard stand ebenfalls auf.

»Mr. Merrett, es geht auch um meinen guten Namen.« Und um mein Schicksal, dachte er.

»Richard, lieber Junge.« Merrett kam um seinen Schreibtisch herum und legte Richard eine Hand auf die Schulter. »Davon will ich nichts hören. Sagen Sie Ihrem Freund von der Polizei, er soll den Schuldigen endlich fassen, sonst bekommt er es mit mir zu tun.«

Er schob Richard zur Tür hin.

Die Enttäuschung schmerzte Richard. Er mochte Merrett, und er vertraute ihm. Er achtete sein Urteil. Merrett hatte natürlich recht. Von seinem Standpunkt aus war ein anderes Verhalten ausgeschlossen. Richards Situation war die gleiche geblieben – nein, nicht ganz. Jetzt, wo Merrett alarmiert war, würde er der Sache auf den Grund gehen.

Merrett öffnete die Tür, seine Hand immer noch auf Richards Schulter.

»Überlassen Sie nur alles mir, Richard, und Kopf hoch, mein Junge.« Richard war plötzlich im Korridor. »Und lassen Sie mich wissen, wie die Dinge sich entwickeln, ja?«

Die Tür schloß sich. Merretts Jovialität konnte einem leicht auf die Nerven fallen. Richard fühlte sich zutiefst niedergeschlagen.

Er ging in sein Büro und setzte sich an den Schreibtisch. Er nahm die Brille ab, schloß die Augen und drückte sie mit den Fingerspitzen. Im Grunde hatte Merrett ihm nichts anderes gesagt als Cosgrove – daß er den Mund halten sollte. Das was Richard sich erhofft hatte, das hatte er nicht erreicht. Er würde Forrest weiter belügen müssen. Und wenn er nun Forrest doch die Wahrheit sagte? Merrett konnte erbarmungslos sein, das wußte Richard. Er würde vielleicht seine Stellung verlieren, vielleicht sogar auf die schwarze Liste kommen und nirgends eine neue Anstellung finden.

Er saß da und vergaß das Mittagessen, während er unablässig über seine mißliche Lage nachdachte. Alles mußte so bleiben, wie es war. Ihm waren die Hände gebunden. Wenn er etwas unternahm, würde er seine Stellung aufs Spiel setzen. Vielleicht auch sein Glück – Laura.

Als Miss Forsyth vom Mittagessen zurückkam, fragte er sie, weil er sich das nun einmal vorgenommen hatte, ob sie am folgenden Tag mit ihm zum Mittagessen gehen wollte.

»Sehr gern, Mr. Ross. Vielen Dank.« Ihr hübsches Lächeln erlosch. »Fühlen Sie sich auch wirklich wohl, Mr. Ross? Sie sehen gar nicht gut aus.«

»Es geht mir gut, danke.«

Der Nachmittag verging. Forrest rief nicht an. Vielleicht war das ein gutes Zeichen. Vielleicht war es ein schlechtes. Oder vielleicht besagte es einfach, daß Forrest Dringenderes zu erledigen hatte.

Auf der Heimfahrt freute er sich auf einen friedlichen Abend. Er wollte sich mit Laura aussöhnen. Er hoffte, Lauras Kopfschmerzen hatten sich gelegt.

Laura sah blaß aus, doch sie lächelte ihn an und war nett und sah sehr schön aus. Einen Drink lehnte sie ab. Richard wollte eigentlich nur einen kleinen Whisky trinken, aber dann gestattete er sich einen zweiten, viel größeren. Der Tag verdiente es.

Erst nach dem Essen beim Kaffee bemerkte Laura: »Ich habe gestern morgen mit einem Mann namens Forrest gesprochen.«

Richards Herz setzte einen Schlag aus. »Gestern?«

»Ja. Ich sollte zu ihm kommen, aber das lehnte ich ab. Da kam er hierher. Ich hätte es dir schon gestern abend erzählt, wenn du nicht deinen Freund mitgebracht hättest.«

»Er ist nicht mein – Was sagte Forrest?«

»Er ist ein angenehmer Mensch. Er gefällt mir. Er stellte nur ein paar Fragen. Ich habe unbestimmte Antworten gegeben. Du wärst stolz auf mich gewesen.«

Wie kam sie darauf, daß Richard Unbestimmtheit mochte?

»Aber er muß doch etwas gesagt haben?«

»Er sagte, es gäbe keine handfesten Beweise, um eine Anklage gegen dich zu stützen. Die gestohlenen Unterlagen sind immer noch nicht aufgetaucht. Fingerabdrücke wurden nicht sichergestellt. Der Datsun wäre kein Beweis, sagte er. Und er erklärte, sogar die Aussage des Vaters des toten Jungen wäre nicht zuverlässig, weil er den Mann nur von hinten gesehen hat und es dunkel war.«

Laura schien zu ruhig; auf niedergeschlagene Weise ruhig.

»Und was noch?« fragte Richard.

»Er sagte, du scheinst nicht der Mensch zu sein, der solche Verbrechen verüben würde. Aber er sagte auch, das wäre kein Unschuldsbeweis.« Laura nahm eine seiner Zigaretten und zündete sie an; ein sicheres Zeichen, daß etwas nicht stimmte. »Er gibt zu, daß er verwirrt ist. Er sagte, er wollte noch einiges überprüfen, ehe er dich unter Mordverdacht festnähme.«

Ihre Worte trafen Richard wie ein Messerstich.

»Das hat er gesagt?«

Durch Rauchfäden hindurch blickte Laura ihn steinern an.

»Natürlich, warum sollte er es nicht sagen?«

»Zu mir hat er das nicht gesagt.«

Laura stand auf. »Noch Kaffee?« Richard schüttelte den Kopf. Sie drückte die Zigarette aus. »Ich gehe bald ins Bett. Ich bin sehr müde.« Sie nahm das Tablett und ging zur Tür. »Ich finde, du solltest dich keinen falschen Hoffnungen hingeben, Richard.« Sie ging hinaus.

Lauras Verhalten quälte ihn fast ebenso wie das Gerede von Verhaftung. Sie schien geschlagen. Der Mensch, auf den er sich am meisten verließ, war daran aufzugeben. Es war ungerecht ihm gegenüber.

War es nicht ein wenig hinterhältig von Forrest gewesen, Laura im geheimen aufzusuchen? Er hätte das gern geglaubt, doch er wußte, daß Forrest jedes Recht hatte. Es war nur so bedrückend, daß Laura immer tiefer in die Sache hineingezogen wurde. Er lehnte den Kopf zurück und schloß die Augen.

Am nächsten Morgen stand Laura nicht zum Frühstück auf. Er vermutete, sie wollte nicht mit ihm sprechen, konnte es vielleicht nicht einmal ertragen, ihn anzusehen. Richard machte sich selbst sein Frühstück und trug eine Tasse Tee zu Laura hinauf. Sie tat so, als schliefe sie. In einer Stimmung unerträglicher Depression fuhr er ins Büro. Es wurde noch schlimmer, als ihm einfiel, daß er mit Miss Forsyth zum Mittagessen verabredet war.

Sie gingen in ein Restaurant, das jemand Richard empfohlen hatte. Es war voll. Er hatte vergessen einen Tisch reservieren zu lassen, und sie mußten warten, bis sie einen Tisch bekamen. Miss Forsyth schien das nichts auszumachen, doch Richard fand, es wäre ein schlechter Beginn.

Sie aßen Austern. Während eine Auster nach der anderen hinunterglitt, fiel es Richard immer schwerer, den Anfang zu finden. Miss Forsyth sagte etwas vom Wetter, von der Einkommensteuer, bemerkte dann, wie besorgt er aussähe.

Richard wagte den Sprung. »Sie werden sich gefragt haben, was eigentlich vorgeht, Miss Forsyth.«

Sie lächelte und zog die Brauen hoch.

»Es handelt sich um den Einbruch bei Cosgrove. Die Polizei verhört jeden, der ihn kennt. Das heißt, daß die Kriminalbeamten immer wieder die verschiedenen Aussagen vergleichen und immer neue Fragen stellen müssen.«

Miss Forsyth drehte langsam ihr Glas.

»Das ist nicht alles, Mr. Ross. In der Firma schwirren viele Gerüchte herum. Ich achte nicht auf sie. Einige davon sind einfach absurd. Aber ich weiß, daß Sie unter Verdacht stehen, daß die Beschreibung des Täters auf Sie paßt.«

Richard war niedergeschmettert. Wußte denn jeder alles? Das Mittagessen schien sinnlos, eine überflüssige Last.

»Es war wohl dumm von mir, aber ich hatte nicht erwartet, daß sich das so schnell herumsprechen würde.«

»Ich kann mir denken, wo das Gerede anfing, Sie nicht, Mr. Ross?« Er sah sie an. »Ich persönlich würde Mr. Cosgrove keinen Schritt über den Weg trauen, und meiner Meinung nach paßt er überhaupt nicht zu Ihnen.« Miss Forsyth schauderte. »Ich verstehe nur eines nicht: Wieso waren Sie denn überhaupt in seiner Wohnung?«

Richard schwieg. Der Kellner kam mit den Steaks und dem Salat. Richard sah das plötzliche Aufblitzen in Miss Forsyths braunen Augen. Es war ihm nie zuvor aufgefallen. Er war eben immer langsam.

»Das ist eine andere Geschichte«, sagte er. Er hatte mit diesem Mittagessen zu lange gewartet. Miss Forsyth dachte – er wußte nicht, was Miss Forsyth dachte.

»Die Art, wie er Frauen ansieht!« Miss Forsyth schauderte wieder und nahm ihr Steak in Angriff.

Richard fand sie plötzlich unangenehm, auch den Wein und das Essen, und dieses überfüllte Restaurant, von dem jemand behauptet hatte, es sei gut. Vielleicht hatte er Miss Forsyth ganz falsch gesehen? Wieso hatte er sich eingebildet, daß Miss Forsyth sich auch nur ein Jota darum scherte, was aus ihm wurde? Sie glaubte so wenig an ihn wie alle anderen. Sie war nur betulich.

»Im Büro fällt mir immer eine Ausrede ein, Mr. Ross. Ich wette, Mr. Adams hat keine Ahnung, daß Sie in letzter Zeit soviel weg waren.« Sie lachte.

»Danke, das ist nett von Ihnen. Ich hoffe, es wird nicht mehr lange so gehen.«

»Für die blauen Flecken kann ich natürlich keine Ausreden erfinden.«

Er sah ihr in die Augen und bemerkte wieder das neugierige Blitzen.

»Das hat nichts damit zu tun. Es waren nur ein paar Halbstarke, die es auf meine Brieftasche abgesehen hatten.«

Miss Forsyths Lächeln, so schien es Richard, war wissend. Er fand sie gar nicht mehr hübsch und höflich, sondern häßlich und raubtierhaft.

Sie beugte sich zu ihm. »Wenn ich irgend etwas tun kann, Mr. Ross – ich meine, wenn Sie sich vielleicht aussprechen wollen? Sie wissen, daß Sie sich auf mich verlassen können.«

Vielleicht hatte er sich doch in ihr geirrt. Sie sah so ernsthaft aus. Wann war sein Urteil schon je richtig gewesen? Er verpfuschte alles. Vielleicht hatte er auch das verpfuscht.

»Danke, Miss Forsyth. Es war nur – ich fand, ich schuldete Ihnen eine Erklärung.«

»Es ist komisch«, sagte Miss Forsyth. »Es erinnert mich an ein Stück, das ich neulich im Fernsehen gesehen habe.« Ihre Stimme klang aufgeregt. »Dieser arme Mann da, keiner glaubte ihm, alles deutete auf ihn, und ganz am Schluß stellte sich heraus, daß er unschuldig war.«

Richard war froh, entkommen zu können.

10

Am Wochenende war Laura kaum da, und wenn sie da war, stand eine Mauer des Schweigens zwischen ihnen, die keiner von beiden durchdringen zu können schien. Am Samstag ging sie kurz nach dem Mittagessen weg und kam erst spät abends wieder. Er vermutete, daß sie den Tag bei Helen Danby verbrachte. Am Sonntag ging sie zweimal zur Kirche.

Richard blieb zu Hause und fand die Ruhe erholsam. Er las viel, setzte sich in den Garten, solange die Sonne schien, trank abends nur einen kleinen Whisky.

Am Montag hatte er das Gefühl, eine Periode gespenstischer Alpträume gesund und frisch überstanden zu haben. Nichts hatte sich geändert, nur seine Einstellung. Und vielleicht auch Lauras Einstellung. Beim Frühstück war sie beinahe wie früher. Ihr Lächeln, als sie ihm Auf Wiedersehen sagte, rührte ihn tief. Er hätte sie gern in die Arme genommen und an sich gedrückt, doch er wagte es nicht, hatte Angst, das mühsam gewonnene Gleichgewicht zu zerstören. Er wußte, daß das ruhige Wochenende ihm gutgetan hatte, doch er meinte, da stecke noch mehr dahinter; daß sie irgendwie zusammen den schlimmsten Sturm gemeistert hatten. Es gab ihm Vertrauen und Mut.

Er brauchte beides. Miss Forsyths Lächeln war voll des heimlichen Einverständnisses. Und Merretts Stirnrunzeln, als er ihm im Korridor begegnete, war eine klare Warnung.

Als Richard am Abend nach Hause fuhr, sah er im Rückspiegel einen Lieferwagen. Das Fahrzeug bog hinter ihm in die Straße ein, in der er und Laura wohnten. Als Richard vor der Einfahrt anhielt, stoppte auch der Lieferwagen. Wieder Slocombe. Richard stieg aus seinem Auto. Diesmal konnte er den Namen der Firma auf der Seite des Lieferwagens sehen. Slocombe stieg aus und kam ihm entgegen.

»Versuchen Sie es nicht noch einmal, Mr. Slocombe«, warnte Richard.

»Was soll ich versuchen?« fragte Slocombe. »Ich möchte nur – ich wollte nur sagen –« Die Stimme versagte ihm einen Moment lang. »Ich dachte, wenn ich mit Ihnen sprechen könnte –« Er brach ab.

»Das hätten Sie das erstemal tun können.«

»Wovon reden Sie? Was heißt das erstemal?«

»Letzte Woche. Am Dienstagabend.«

»Wo?«

»Hier, wie Sie sehr wohl wissen.«

»Ich war noch nie vorher hier. Ich hatte keine Ahnung, wo Sie wohnen. Deshalb habe ich ja auf sie gewartet und bin Ihnen nachgefahren.«

Es schien sinnlos, sich mit ihm darüber auf einen Streit einzulassen.

»Ich habe Ihren Sohn nicht getötet«, sagte Richard. Er wollte die Feindseligkeit zwischen ihnen überwinden, aber er war immer noch auf der Hut, als er seine Zigaretten herauszog und die Pakkung Slocombe hinhielt.

»Danke, ich rauche nicht.« Die kräftigen, breiten Schultern waren nach vorn gekrümmt wie unter einer Last. Die traurigen blauen Augen weckten Schuldgefühle in Richard. Es war schwer, ihrem Blick zu begegnen. »Es stimmt schon, daß Sie mir nachgelaufen sind, Mr. Slocombe. Aber Sie haben den falschen Mann verfolgt.«

»Der Polizist, dieser Forrest, sagte mir schon, daß Sie das behaupten.«

»Es ist die Wahrheit«, erklärte Richard heftig.

Slocombes Hände steckten in den Hosentaschen, während er zu Boden starrte.

»Haben Sie Kinder?« fragte er.

»Ich hatte eine Tochter«, antwortete Richard. »Sie ist bei einem Autounfall umgekommen.«

»Ach Gott!« Slocombe blickte auf. »Dann wissen Sie, wie es ist.«

»Ist Ihnen das ein Trost?« fragte Richard wütend. Sogleich

schämte er sich. »Entschuldigen Sie. Es tut mir leid, daß ich das gesagt habe. Es tut mir entsetzlich leid um Ihren Sohn. Alles tut mir leid.«

»Ja«, sagte Slocombe. Er wandte sich ab, stieg in seinen Lieferwagen und fuhr davon.

Richard warf seine Zigarette weg und sah zu, wie sie verglühte. Ein ungeheurer Zorn gegen den Mörder erfüllte ihn, gegen den Mann, der Slocombe kaputtgemacht und sein eigenes Leben in Aufruhr gestürzt hatte. Er zertrat die Zigarette, und vor ihm tauchte plötzlich das Bild des Mannes vom vergangenen Dienstag auf, wie er reglos und schattenhaft im Lieferwagen gesessen und geraucht hatte. Richard konnte die Bewegung des glühenden Endes der Zigarette ganz klar vor sich sehen. Aber Slocombe rauchte nicht. Slocombes Verständnislosigkeit eben war echt gewesen. Der Mann hatte eine Mütze getragen, die nur Augen und Nase freigelassen hatte, zweifellos zur Maskierung.

Richard fuhr den Wagen in die Garage und ging zurück, um das Tor zu schließen. Wegen des Lieferwagens und aufgrund von Cosgroves Behauptung, daß Slocombe ihm übelwollte, hatte er keinen Moment lang daran gezweifelt, daß der Mann Slocombe war. Aber Slocombe kannte keine Rachegelüste, nur Kummer und Schmerz. Wer dann? Richard spürte, daß er zitterte. Jemand legte es darauf an, ihm Angst einzujagen. Ein Unbekannter aus dem Dunkeln. Cosgrove war es nicht gewesen, aber konnte nicht Cosgrove dahinterstecken? Nur Cosgrove konnte daran liegen, ihn einzuschüchtern. Cosgrove wollte sich seines Schweigens versichern. Dann fiel ihm der Mörder ein. Der hochgewachsene, schlanke Mann mußte wissen, daß Richard ihn gesehen hatte. Er hatte triftigen Grund, Richard den Mund zu stopfen.

Er schritt zum Haus. Sollte er Forrest von dem Zwischenfall berichten? Würde nicht Forrest diese Geschichte wieder für eine Ausgeburt seiner Fantasie halten?

Den ganzen folgenden Tag schwankte er, dann tat er doch nichts. Je mehr er in der nüchternen Büroatmosphäre über den

Zwischenfall nachdachte, desto vager wurde die Gewißheit des vergangenen Abends. Er kannte dieses Zögern von sich, dieses unablässige Betrachten einer Sache aus allen Blickwinkeln, und er wußte, daß die Tatenlosigkeit, die daraus resultierte, katastrophal sein konnte wie bei der Shipton-Boniface-Geschichte. Dennoch schien ihm, er hätte Forrest im Grund nichts mitzuteilen und Forrest würde ihm die Verschwendung seiner Zeit übelnehmen.

Laura war freundlich, als er nach Hause kam, wenn auch distanziert. Richard trank nichts, weil er wußte, daß sie das freute.

Um halb neun, als sie beim Kaffee saßen, läutete es. Laura ging an die Tür. Richard hörte von draußen Cosgroves Stimme.

»Ich störe doch nicht, Schätzchen?«

Richard wurde kalt, dann heiß. Er stand auf.

Laura kam herein, gefolgt von Cosgrove, der strahlend lächelte.

»Dein Freund ist hier, Richard«, sagte Laura.

»Tag«, sagte Richard.

»Nehmen Sie Platz, Mr. Cosgrove«, sagte Laura. »Möchten Sie eine Tasse Kaffee?«

»Kaffee?« Cosgrove machte aus dem Angebot eine Beleidigung. Er zwinkerte Richard zu. »Richie weiß schon, was ich mag, wie, Kumpel?«

»Natürlich«, erwiderte Richard und holte den Whisky.

Laura setzte sich und lächelte zu Cosgrove auf.

»Bitte setzen Sie sich doch, wo Sie nun schon einmal hier sind.«

Cosgrove hörte Lauras Ironie gar nicht, vielleicht absichtlich nicht. Er ließ sich in einen Sessel fallen.

»Natürlich, im Sitzen redet sich's besser.«

Richard fühlte sich einem entsetzlichen Druck ausgesetzt. Cosgrove mußte sich seiner Sache sehr sicher sein, wenn er einfach hier hereinzuplatzen wagte wie ein alter Freund der Familie. Er schenkte zwei große Whiskys ein.

»Danke, Kumpel.«

»Ich nehme einen Chartreuse bitte, Richard.«

Erstaunt stellte Richard sein Glas nieder, um Laura den Likör zu holen. Warum ging sie nicht? Vielleicht hoffte sie, etwas von einem Einverständnis zwischen ihnen beiden zu bemerken? Bedeutete das nicht, daß sie Richard sogar noch mehr mißtraute, als er fürchtete? Er stellte Lauras Glas nieder und setzte sich.

»Wetten, Sie haben keine Ahnung, was unser Richie für Sachen macht, Mrs. Ross.« Cosgrove machte eine Pause, um zu trinken. »Sehen Sie ihn sich an. Als könnte er kein Wässerchen trüben. Ja, das möchte er den Leuten gern weismachen. Das ist sein Image, hm, Kumpel?«

Richard starrte Cosgrove verständnislos an.

»Erst letzte Woche hab' ich ihn mit einer tollen Rothaarigen gesehen. Beim Mittagessen. Ganz ungeniert.«

Richard warf einen Blick auf Laura, um zu sehen, wie sie das aufnahm. Laura zuckte nicht mit der Wimper.

Cosgroves Augen forderten Richard heraus.

»Er ist ein stilles Wasser, Ihr Mann. Ich an Ihrer Stelle würde jeden Abend in seinen Taschen nachsehen, Mrs. Ross.«

Laura lächelte erst ihn an, dann Richard. Cosgrove zwinkerte Richard zu und sagte: »Ja, ja, alter Junge, daß man nichts heimlich tun kann. Alles spricht sich herum.«

»Das war meine Sekretärin«, sagte Richard zu Laura.

»Das ist gut.« Cosgrove lachte.

Laura wechselte das Thema, erkundigte sich nach Cosgroves Arbeit, fragte, ob er viel auf Reisen sei. Richard fragte sich, wie ernst sie Cosgroves Geschwätz nahm. Konnte ihn das überhaupt noch kümmern? Man glaubte ihm ja sowieso nicht; weder die Polizei glaubte ihm noch Laura. Laura würde ein billiges Verhältnis zu einer anderen Frau höchstens als weiteren Grund für seinen Abrutsch sehen. Spielte es eine Rolle? Spielte irgend etwas noch eine Rolle? – Er hatte das Bestechungsgeld nicht angenommen und würde es auch nie annehmen – das war immerhin etwas, oder nicht?

Er sah, daß Cosgroves Glas schon leer war und stand auf, um nachzuschenken. Wie hatte er nur so vernagelt sein können! Cosgrove war es gewesen, der ihm jenes Restaurant empfohlen hatte.

Laura blickte auf Richards zweiten Whisky. Richard sagte unvermittelt: »Ich habe meiner Frau die ganze Geschichte erzählt.«

»Die *ganze* Geschichte?« Cosgroves Sarkasmus stempelte ihn zum Lügner. Cosgrove wandte sich an Laura. »Der arme Richie hat in letzter Zeit wirklich ganz schön was abgekriegt – ach, übrigens, Kumpel, da fällt mir ein –«, seine Stimme wurde wütend, »dieser verdammte Forrest scheint's plötzlich auf mich abgesehen zu haben. Sie haben das hübsche Alibi, das ich Ihnen gegeben habe, zerstört. Ich hab' ihm gesagt, ich wollte Sie nur schützen, aber ich hab' den Eindruck, der Kerl kann mich nicht ausstehen. Seien Sie lieber ein bißchen vorsichtig, Kumpel. Wozu ist ein Freund da? Da tut der Freund Ihnen einen Gefallen, aber Sie fallen ihm in den Rücken und stempeln ihn zum Lügner.« Er blickte voll rechtschaffenen Zorns von Richard zu Laura und wieder zu Richard. »Vergessen Sie nicht, wem Ihr Interesse am Herzen liegt! Vergessen Sie das nicht!«

»Falls Sie auf den Mord anspielen wollen, vergessen Sie's«, versetzte Richard. »Da ist die Wahrheit mein einziger Schutz.«

»Oh-la-la!« Cosgroves Lächeln war boshaft.

»Aber wenn Sie von der anderen Sache sprechen – wer kann sagen, ob das nicht alles auf andere Art aufgedeckt werden wird? Handlanger sind unzuverlässige Leute. Sie brauchen sich nur die Geschichte vor Augen zu halten. Wenn nun jemand reden würde, glauben Sie, Sie könnten die Leute in der Geschäftsleitung davon überzeugen, daß alles mit rechten Dingen zugeht?«

»Kommen Sie mir nicht mit den Leuten von der Geschäftsleitung«, entgegnete Cosgrove unbeeindruckt. »Die stecken doch selbst mit drin – bis zu ihren fetten Hälsen.«

Richard schwieg. Cosgrove stand auf und holte sich ohne zu fragen noch einen Whisky.

Während Richard im Geist die Männer, die mit der Firma zu tun hatten, Revue passieren ließ, wurde ihm klar, daß es nur einen gab, dem er wirklich traute. Nur Merrett. Er blickte auf Cosgrove, der sich mit seinem frisch gefülltem Glas niedersetzte, und haßte ihn.

»Könnte sein, daß ich's darauf ankommen lasse«, sagte er. »Sie können mich nicht daran hindern. Ich erzähle Merrett die ganze dreckige Geschichte und nenne ihm ein paar Namen.«

Cosgrove lachte. »Bitte.« Er trank einen Schluck Whisky. Er blufft, dachte Richard. »Hören Sie mal, Richie, warum spielen Sie nicht einfach mit? Machen Sie sich die Sache doch nicht so schwer. Ihre nette kleine Frau ist bestimmt ganz dafür. Sie haben doch wirklich Sorgen genug, oder nicht?«

Er meinte den Mord. Er würde Richard den Einbruch und den Mord in die Schuhe schieben. Wenn Cosgrove je dahinterkam, daß Richard bereits mit Merrett gesprochen hatte, dann würde er nicht zögern. Deprimiert ließ sich Richard in den Sessel zurückfallen und beschattete mit einer Hand sein Gesicht. Er hörte Cosgroves leises Lachen.

»Nehmen Sie's nicht so schwer, Richie. So eine Organisation baut man nicht über Nacht auf. Was können *Sie* denn schon tun? Glauben Sie vielleicht, die Leute, die Jahre dazu gebraucht haben, die Operation in Gang zu bringen, würden sich von Ihnen einfach alles verpfuschen lassen? Werden Sie doch endlich erwachsen! Es ist eine große Sache, Richie. Ein Riesending.«

Groß. Wie groß? Vielleicht übertrieb Cosgrove, um Richard Angst zu machen. Richard sah die etablierten Institutionen der Ordnung wanken wie zu Beginn eines Erdbebens. Er hatte das Gefühl, auf Treibsand zu stehen. Daß ein unlauterer, schäbiger Mensch wie Cosgrove es fertigbringen sollte, seine ganze Welt umzustürzen, war unerträglich. Er konnte keinem trauen. Vielleicht nur Forrest. Er sehnte sich danach, wieder mit Forrest zu sprechen.

»Ich muß mich auf die Socken machen, Mrs. Richie. Habe morgen einen großen Tag vor mir.« Laura brachte ihn zur Tür. »Auf bald, Kumpel. Kopf hoch!«

Richard nickte. Als Laura zurückkam, blieb sie vor ihm stehen.

»Ich mag keine Männer, die Ringe tragen.«

Richard sah sie an. Das war nicht der Ausbruch, den er erwartet hatte.

»Das ist doch albern«, sagte er, »das ist dumm.«

»Du würdest niemals Ringe tragen. Schon gar nicht welche mit Stein.«

»Das hat doch damit nichts zu tun – was ich tun würde. Es ist ein albernes Vorurteil. Ich dachte, solche Vorurteile gäbe es längst nicht mehr.« Er nahm Cosgrove schon wieder in Schutz.

»Du hast dich so schrecklich verändert«, sagte Laura. Sie setzte sich, niedergeschlagen und müde.

»Wir haben uns nie über Männer unterhalten, die Ringe tragen. Wie kannst du sagen, ich hätte mich verändert?«

»Es ist nicht nur das – alles.«

»Ist das ein Angriff auf Cosgrove oder auf mich?«

»Es ist kein Angriff. Ich fand seine Ringe gräßlich, das ist alles. Und seine Nägel auch.«

Richard lächelte. »Dabei könntest du so vieles andere an ihm gräßlich finden.«

»Tue ich auch.«

Ihre hochmütige Art reizte ihn.

»Wir können uns die Geschäftskollegen nicht aussuchen wie unsere Freunde. Sie werden uns aufgehalst.«

»Du bist, seit ich dich kenne, bei derselben Firma; aber erst seit ein paar Tagen verkehrst du mit diesem Menschen. Seit deiner geheimen Zusammenkunft mit ihm.«

Richard sprang auf und schlug mit der Faust auf den Tisch neben seinem Sessel.

»Ich habe dir erklärt, warum.« Er schritt zur Tür, drehte sich dann um. »Das klingt, als hättest du überhaupt kein Vertrauen mehr zu mir.«

Laura sah ihn müde an und schloß die Augen.

»Das tut mir leid. So sollte es nicht klingen.«

Richard kam zurück und blickte auf sie nieder.

»Und Helen?«

Laura hob den Kopf. »Was soll mit Helen sein?«

»Mir gefällt dafür an Helen vieles nicht. Im Grunde mag ich sie überhaupt nicht. Ich mag auch deine geheimen Tage mit Helen nicht. Ich weiß nicht, warum du mit Helen verkehren mußt, oder?«

Laura sprang auf. Er hatte sie niemals so zornig gesehen.

»Helen ist kein schmutziger Schwindler wie Cosgrove, und sie ist auch nicht des Mordes verdächtig.« Damit rannte sie aus dem Zimmer.

Richard lief ihr nach. »Laura!« Doch sie war nach oben gegangen. Er folgte ihr nicht. Er konnte seine Worte nicht ungesagt machen. Keiner von beiden konnte das zurücknehmen, was er gesagt hatte.

11

Am Donnerstag wurde Richard aus seiner Apathie gerissen. Nach dem Auftritt mit Laura schien alles sinnlos geworden zu sein. Sie sprachen kaum ein Wort miteinander. Mehrmals nahm er sich vor, sie um Verzeihung zu bitten; doch jedesmal verschwendete er zuviel Zeit damit, sich zu überlegen, wie er vorgehen sollte.

Am Donnerstag dann sah er den hochgewachsenen, schlanken Mann. Richard kam gerade vom Mittagessen. Es war nicht weit vom Bürohaus der Southern International, Richards Firma, und deshalb fiel er Richard auf. Er hatte Richards Größe und Figur, keine Brille, war unrasiert. Der Mann stand am Bordstein, als wartete er auf jemanden. Er wirkte ungeduldig und zornig.

Richard trat zu ihm. »Entschuldigen Sie –«

Der Mann warf ihm einen raschen Blick zu. »Ich kenne Sie nicht.« Er setzte sich in Bewegung.

»Moment!« Richard lief ihm nach. Der Mann drängte sich eilig ins Menschengewimmel und verschwand.

Richard kehrte ins Büro zurück. Das mußte der Mann gewesen sein. Er hatte ein schuldbewußtes Gesicht gemacht, und er hatte schuldbewußt reagiert. Der graue Tag wurde plötzlich sonnig. Er rief Forrest an.

»Ich wollte Sie gerade anrufen, Mr. Ross.«

»Ich habe ihn eben gesehen – den Mörder.«

Einen Moment blieb es still, dann sagte Forrest: »Wir wollen keine voreiligen Feststellungen machen, aber wir haben einen Mann gefunden, auf den Ihre Beschreibung paßt und der in die Sache verwickelt sein könnte. Deshalb möchte ich Sie sprechen. Morgen, um neun?«

Richards Herz klopfte bis zum Hals. »Ich komme.«

Der Nachmittag verflog. Er arbeitete automatisch, während sein Hirn sich unablässig mit der neuen Situation beschäftigte. Es hatte in letzter Zeit Momente gegeben, wo Richard sich gefragt hatte, ob er sich den Mann nicht vielleicht eingebildet hatte. Aber jetzt wußte er, daß er existierte. Und Forrest wußte es auch.

Und Laura würde ihm jetzt endlich glauben. Jetzt, wo sie Forrests Wort hatte, würde sie auch Richard glauben. Er würde keine Bitterkeit darüber aufkommen lassen. Und Merrett konnte er jetzt mit aller Entschlossenheit gegenübertreten, ihm rundheraus sagen, daß Forrest die ganze Wahrheit erfahren mußte.

Cosgrove würde er nichts verraten. Und auch Laura würde er vorläufig nichts sagen. Erst wenn Forrest seine Unschuld bestätigt hatte, würde er sprechen.

Richard war pünktlich am folgenden Morgen. Er konnte sogar lächeln, als er sich auf den vertrauten Stuhl setzte und eine Zigarette herauszog.

»Sehen Sie sich die Fotos bitte an, Mr. Ross.« Forrest schob ihm ein ganzes Album zu. »Lassen Sie sich Zeit.«

Richard zündete seine Zigarette an und begann zu blättern. Plötzlich hielt er inne.

»Das ist er.« Es war der Mann, den er auf der Straße gesehen hatte. Er hieß James Hale, war 35 Jahre alt und einssiebenundachtzig groß. Er trug einen Schnurrbart und keine Brille; doch wenn man das eine wegnahm und das andere dazutat, konnte man ihn mit Richard verwechseln.

»Haben Sie sein Gesicht gesehen?«

»Ja, gestern.«

»Aber nicht am Abend des sechzehnten Mai?«

»Sein Gesicht nicht, ich hatte nur einen flüchtigen Eindruck von seinem Gesicht. Ich selbst hätte es sein können, der da an mir vorbeirannte.«

Forrest blickte ihn einen Moment stumm an. Dann sagte er: »Wir haben ihn schon lange in unserer Kartei. Er ist ein kleiner Gauner, der sich von anderen anheuern läßt. Er hat ein paarmal gesessen.«

»Sie glauben, er wurde gedungen?« fragte Richard langsam.

»Er kann sehr wohl gedungen gewesen sein – wenn er da war.«

»Er war da. Ich habe ihn gesehen. Fragen Sie ihn doch einmal. Er hat bestimmt eine gute Geschichte parat. Und dann nehmen Sie *ihn* zur Abwechslung mal in die Zange.«

»Verlieren Sie nur nicht die Ruhe, Mr. Ross.«

Forrests Ton brachte Richard zu sich. Forrest hatte natürlich recht. Forrest war seine einzige Hoffnung.

»Entschuldigen Sie«, sagte Richard lächelnd, »für mich ist das ein großer Tag. Können wir davon ausgehen, daß er da war und darauf aufbauen?«

»Gewiß. Wir wollen annehmen, er wurde von Unbekannt gedungen, in Mr. Cosgroves Wohnung einzubrechen und gewisse Unterlagen zu entwenden, die für den Auftraggeber belastend waren. Es war bekannt, daß Mr. Cosgrove die Gewohnheit hat, zum Essen auszugehen. Hale hätte leicht durch das Hinterfenster einsteigen können. Da er wußte, worauf es ankam, hätte er keine Zeit mit Suchen zu verschwenden brauchen. Unglücklicherweise aber kam gerade in dem Moment, als Hale wieder aus dem Fenster stieg, der Junge von nebenan vorbei. Ian stellte Hale. Hale hatte viel zu verlieren, nicht nur das Honorar für den Auftrag, sondern auch seine Freiheit. Er schlug zu, dann rannte er weg und kam auf der Straße an Ihnen vorbei. Zur gleichen Zeit eilte Ians Vater, der den Ruf seines Sohnes gehört hatte, aus der Wohnung. Er sah Ian auf dem Boden liegen. Bewußtlos, wie er glaubte. Er rannte dem Angreifer nach. Sie waren der einzige Mann in Sicht, also verfolgte er Sie. Hale war schon entkommen. Klar, daß Hale sich mucksmäuschenstill verhielt, als er hörte, daß Ian tot war.« Forrest schwieg und sah Richard an.

»Es paßt also«, stellte Richard fest. Es fiel ihm schwer, seine Erregung zu zügeln.

»Es gibt noch einige Hindernisse, Mr. Ross. Ad eins, er sieht Ihnen nicht ähnlich.«

»Er hat meine Größe. Er ist schlank wie ich.«

»Und das ist auch alles«, meinte Forrest. »Er trägt einen Schnurrbart –«

»Gestern nicht«, fiel Richard ihm ins Wort.

»Er trägt billige, auffallende Anzüge«, fuhr Forrest fort, »grelle Farben. Er hat graue Augen und trägt keine Brille.«

»Ich hatte den Eindruck, daß er eine Brille aufhatte. Gestern nicht, aber an dem Abend.«

»Ich habe mit ihm gesprochen«, sagte Forrest langsam.

Richard hatte das Gefühl, am Rand eines Abgrunds zu stehen.

»Er war sehr entgegenkommend. Er hat sich seit einem Jahr nichts mehr zuschulden kommen lassen, bezieht Arbeitslosengeld. Am Abend des sechzehnten Mai war er nicht in Bondi.«

»Sie glauben ihm?«

»Er hat ein Alibi, Mr. Ross.«

Richard glaubte es nicht. Es war zu glatt. Er witterte Schwindel. Cosgrove hatte ihn gelehrt, simple Antworten nicht zu glauben.

»Und sein Auto?«

»Er hat kein Auto.«

»Es war gemietet. Er fuhr einen grauen Datsun. Es muß gemietet gewesen sein.«

»Wir haben sorgfältige Nachforschungen angestellt. Niemand namens Hale hat überhaupt einen Wagen gemietet.«

»Und unter einem falschen Namen? Wurde denn überhaupt irgendwo ein grauer Datsun gemietet?«

»Nicht von jemandem, der mit Hale Ähnlichkeit hatte.«

»Er kann ja von einer anderen Person gemietet worden sein.«

»Ja. Ja, aber das hieße, daß man eine regelrechte Verschwörung anzettelte, um Sie zu belasten.«

»Sie haben doch selbst gesagt, er könnte in die Sache verwickelt sein.«

»Ich sagte, es wäre denkbar, ja, weil wir wissen, daß er gewohnheitsmäßig Aufträge für andere ausführt. Sie wollen Hale nur aufgrund seiner Größe und seiner Figur hineinziehen. Daß ein zweiter Datsun in Bondi gewesen sein soll, wissen wir nur von Ihnen. Außerdem hat der Mann ein Alibi.«

»Das kann doch falsch sein.«

Forrest blickte auf seine Notizen. »Eine Frau namens Edith Taylor erklärt, den ganzen Abend mit ihm verbracht zu haben. Sie haben getrunken.«

»Wo?«

»In verschiedenen Hotels.«

»Und wie verläßlich ist diese Aussage?«

Forrest schürzte die Lippen und sagte nichts.

»Mehrere Hotels«, wiederholte Richard. »Warum mehrere Hotels? Damit einer für den anderen bürgen kann? Damit gar nicht erst erwartet wird, daß andere das auch bestätigen können?«

»Diese Edith Taylor schwört, daß Hale den ganzen Abend mit ihr zusammen war.«

»Und Sie glauben ihr natürlich.«

»Sie hat eine eidesstattliche Erklärung abgegeben«, sagte Forrest.

»Vielleicht bekommt sie einen Anteil von Hales Honorar oder ein getrenntes Honorar.«

»Wir dürfen unserer Fantasie nicht die Zügel schießen lassen,

Mr. Ross.« Forrests Stimme war scharf, doch seine Augen blickten freundlich.

Richard sah Forrest an. »Sie sagten, Cosgrove hätte Ihnen eine Liste der Unterlagen gegeben, die gestohlen wurden.«

Forrest nickte. »Bis jetzt haben sich die Papiere nicht gefunden.«

»Sie werden sich auch nicht finden«, versetzte Richard.

»Warum nicht?«

»Weil meiner Ansicht nach gar nichts gestohlen wurde.«

»Diese Möglichkeit sprachen Sie schon einmal an.« Forrest blickte ihm direkt ins Gesicht. »Sie behaupten also, Mr. Cosgrove lügt.«

Richard erwiderte Forrests Blick stumm.

»Sie unterstellen, daß Mr. Cosgrove da die Hand im Spiel hat?«

»Vielleicht beide Hände.«

Forrest lehnte sich zurück und ließ seinen Blick zum Fenster hinausschweifen. Richard spürte seine Mißbilligung. Forrest glaubte, Richard schlüge einfach blindlings um sich, weil er selbst in der Patsche saß. Forrest hatte keine Ahnung, was für ein infamer Bursche Cosgrove war.

»Sie sagten eben, Hale führt die Aufträge anderer aus«, bemerkte Richard.

»Unterstellen Sie, daß Cosgrove Hale gedungen hat?«

»Es ist eine Möglichkeit.«

»Cosgrove soll ihn beauftragt haben, in seine eigene Wohnung einzubrechen?«

»Oder auch nicht einzubrechen; vielleicht nur bei meiner Ankunft an Ort und Stelle zu sein.«

»Warum, Mr. Ross?«

Weil er mich auf irgendeine Weise in die Enge treiben wollte, dachte Richard. Er verspürte grimmige Befriedigung darüber, daß Forrest Cosgrove gesagt hatte, ohne das höfliche Mr. davorzusetzen.

»Um Ihnen einen Mord in die Schuhe zu schieben, von dem keiner wußte, daß er verübt werden würde? Ich nehme an, Sie wollen nicht unterstellen, daß Ian Slocombe als Opfer gedungen wurde?«

Richard stützte die Ellbogen auf den Tisch und hielt sich den Kopf. Forrest mußte ihn für einen rachsüchtigen Narren halten.

»Aufgrund des Einbruchs können wir vielleicht Cosgroves Bankkonten überprüfen, feststellen, ob zur fraglichen Zeit irgendwelche ungewöhnlichen Transaktionen stattfanden.«

Richard lächelte grimmig. »Dazu ist er zu gerissen. Er macht nur Bargeschäfte.«

»Nur?«

Richard bemühte sich, seinen Lapsus zu bereinigen.

»Ich meine, das wäre seine Art. Er ist so ein Typ.«

»Haben Sie jemals beobachtet, wie er Bargeld anbot?« Forrest ahnte nicht, wie nahe er der Wahrheit war.

»Ich mache keine Geschäfte mit Cosgrove«, versetzte Richard.

»Sie haben nur gefühlsmäßige Ansichten über ihn?« fragte Forrest mit einem sarkastischen Unterton. Als Richard stumm blieb, fügte er hinzu: »Und Sie besuchen ihn zu einem freundschaftlichen Plausch.«

Als Richard sich weiterhin in Schweigen hüllte, fuhr Forrest fort: »Cosgrove ist ein Lügner, aber, wie er selbst behauptet, allein um einer guten Sache willen. Wir haben seinen stattlichen Freund mit dem grünen Holden nicht gefunden. Jetzt gibt Cosgrove zu, daß er ihn aus der Luft gegriffen hat – nur, um einem Freund ein Alibi zu geben. Der Freund sind Sie, Mr. Ross.«

Richard schnitt eine Grimasse. Er war froh, daß er Laura nichts davon erzählt hatte, daß er den Mann gesehen hatte. Wozu hatte er sich aufgeregt? Seine Lage war unglücklicher als zuvor. Der Mann hatte ein Alibi. Ein falsches Alibi, aber Forrest glaubte daran.

»Sollen wir jetzt nach einem anderen Mann Ausschau halten?« fragte Forrest, ihn aus seinen Gedanken reißend.

»Nein.«

»Sie glauben nicht, daß es ein anderer war?«

»Es war Hale.« Er war überzeugt davon. »Er war in der Nähe

des Büros, als ich ihn gestern sah.«

»Wüßten Sie einen Grund, weshalb er dort gewesen sein könnte?«

»Nein.« Wenn nicht eine Verbindung zu Cosgrove bestand, dachte Richard.

Forrest tippte mit seinem Kugelschreiber auf den Schreibtisch. »Ob es nun Hale war oder ein anderer – weshalb sollte er sich so aufgemacht haben, daß er Ihnen ähnelte? Woher sollte er überhaupt wissen, wie Sie aussehen?«

Richard seufzte. »Das kann man ihm gesagt haben. Oder man hat mich ihm gezeigt. Die Frage nach dem Warum kann ich nicht beantworten.«

»Sie haben auch keine Vermutungen?«

Richard starrte auf den Schreibtisch. Er hörte, wie Forrest aufstand und aus dem Büro ging. Die Beweise gegen ihn waren alle künstlich fabriziert. Warum sah Forrest das nicht? Ihm fiel etwas ein, was er Forrest hatte mitteilen wollen.

Als Forrest mit zwei Tassen Kaffee zurückkam, sagte Richard: »Mir ist eben etwas eingefallen, das mir zu bestätigen scheint, daß man es darauf anlegt, mich fertigzumachen.«

Forrest gab Zucker in seinen Kaffee, schob Richard eine Tasse hin und setzte sich.

»Sie wissen, daß Slocombe einen Lieferwagen fährt?« Forrest nickte. »Letzte Woche, am Dienstag vor acht Tagen, blieb ich zwei Stunden länger im Büro, um verschiedene Sachen aufzuarbeiten. Es muß kurz vor neun gewesen sein, als ich nach Hause kam. Vor meiner Einfahrt stand ein Lieferwagen. Als ich ausstieg, um den Fahrer aufzufordern vorzufahren, ging er auf mich los. Erst schleuderte er mir seine Zigarette ins Gesicht. Ich hielt den Mann automatisch für Slocombe. Wir prügelten uns. Ich bekam einiges ab, aber gesiegt hat der andere nicht. Es war mir grauenhaft, mich mit Slocombe prügeln zu müssen. Ich kann es nicht ertragen, daß Slocombe mir solche Gefühle entgegenbringt. Sein Gesicht konnte ich nicht erkennen. Er hatte so eine Mütze auf, die nur

Nase und Augen frei läßt.«

»Warum haben Sie das nicht gleich gemeldet?«

»Ich weiß nicht. Ich war zu sehr außer mir.«

»Was sagte Ihre Frau dazu?«

»Ich habe ihr nichts gesagt. Ich behauptete, es wären zwei Jugendliche gewesen.«

»Und sie glaubte Ihnen?«

»Ich weiß nicht. Aber der springende Punkt ist, daß es gar nicht Slocombe war. Slocombe folgte mir am letzten Montag in seinem Lieferwagen nach Hause. Er stieg aus, um mit mir zu reden. Er ist überhaupt nicht brutal oder gewalttätig. Er kommt nur einfach nicht über den Tod seines Sohns hinweg. Und er raucht auch nicht. Der Mann in dem ersten Lieferwagen rauchte aber. Slocombe sagte, er sei nie zuvor in meiner Straße gewesen. Ich glaubte ihm.«

»Woher wußte der Mann, der Sie überfiel, daß sie später nach Hause kommen würden?«

Die Fragen und Antworten schossen Richard durch den Kopf. Weil ich es Cosgrove sagte. Warum sagten Sie es Cosgrove? Weil ich eigentlich Cosgrove hatte aufsuchen wollen. Warum wollten Sie Cosgrove aufsuchen?

»Ich weiß es nicht«, antwortete er.

»Sie halten es für möglich, daß er zwei, drei Stunden wartete?«

»Möglich wäre es wohl.«

Forrest trank einen Schluck Kaffee und machte ein nachdenkliches Gesicht. Was er dann sagte, war ganz ohne Zusammenhang.

»Sie sind ein frommer Mensch, Mr. Ross.« Es war nicht einmal eine Frage.

»Nein, das bin ich nicht.« Er fügte hinzu, »ich glaube an Fairneß.«

»Sie haben aber den Ruf, fromm zu sein.«

Richard verbarg seinen Ärger. »Ich glaube, menschlich wäre das bessere Wort.«

»Und Sie meinten, dieser Ruf würde Sie schützen?«

Worauf wollte Forrest hinaus? Richards Ruf, fromm zu sein, war so falsch wie alles andere an dieser schmutzigen Geschichte. Irgendwie hatte es sich herumgesprochen, daß Laura fromm war, und nun hatte man auch ihm dieses Etikett aufgeklebt. Er hätte nicht gedacht, daß Forrest sich davon täuschen lassen würde. Warum fing er nicht endlich an, nach der Wahrheit zu schürfen?

»Sie dachten, damit würden sich die Ermittlungen verwirren lassen?« bohrte Forrest weiter.

Richard seufzte. »Niemandem liegt mehr daran als mir, daß die Wahrheit ans Licht kommt. Die Beweise gegen mich sind alle künstlich fabriziert. Nur um mich da hineinzuziehen. Könnten Sie nicht versuchen, die Sache mal aus dieser Perspektive zu sehen?«

»Das könnte ich tun, wenn Sie mir helfen würden. Wenn Sie aufrichtig wären. Sie sagten, Cosgrove wäre nicht Ihr Freund; dennoch besuchten Sie ihn am Ende eines Arbeitstags, um mit ihm zu plaudern.«

Die Versuchung, Forrest alles zu sagen, war groß. Doch es blieb die Frage, ob Forrest ihm in diesem späten Stadium noch glauben würde. Forrest würde fragen, weshalb er nicht gleich zu Anfang die Wahrheit gesagt hatte. Und darauf würde Cosgrove die Antwort präsentieren. Cosgrove würde im freundlichsten Ton erklären, daß der gute alte Richie vorbeigekommen war, um sich wie gewöhnlich seinen Anteil abzuholen.

»Gut, Mr. Ross. Sie sagen, Sie sind unschuldig, aber Sie weigern sich, irgendwelche Erklärungen zu geben. Sie haben mit Lügen angefangen. Halbwahrheiten sind schlimmer. Sie behaupten, daß Sie unschuldig sind, aber Sie sagen mir nicht die Wahrheit.« Forrests Mund schloß sich zu einer grimmigen schmalen Linie. »Das ist alles.«

Richard steckte Zigaretten und Feuerzeug ein. Er wartete einen Moment, für den Fall, daß Forrest noch etwas sagen wollte. Doch für Forrest existierte er schon nicht mehr. Richard stand auf. Er fühlte sich verlassen. Er ging. Als er nach Hause kam, standen Lauras drei Koffer da, grau, mit den kleinen Initialen L.R.

12

Laura kam von oben herunter. Richard hatte sich nicht aus dem Sessel im Vestibül gerührt. Er starrte immerzu auf die Koffer. Er wußte, was sie zu bedeuten hatten, und er konnte es nicht fassen.

»Richard! Geht es dir nicht gut, Lieber?«

Er blickte zu ihr auf. Sie trug ein elegantes graues Kostüm, das er nicht kannte. Ihr volles, seidenweiches Haar war so frisiert, wie er es liebte. Die blauen Augen in dem stillen Gesicht blickten müde. Wie konnte sie nur?

»Warum jetzt?« fragte er. »Warum gerade jetzt?«

»Eben deswegen, wegen jetzt.« Laura ging ins Wohnzimmer. Richard folgte ihr.

»Für eine Zeit. Ich glaube, allein kannst du dir vielleicht besser über alles klarwerden.«

»Ich brauche mir über nichts klarzuwerden, das weißt du. Forrest ist derjenige, der sich über die Dinge klarwerden muß.«

Sie kam nahe zu ihm. »Der Gefrierschrank ist voll. Es ist alles da, was du brauchst.«

»Alles bestens geplant, also.«

Laura zog ein Gesicht und trat von ihm weg.

»Um diese Zeit schon Whisky.«

»Den hab' ich nach einem zermürbenden Morgen mit Forrest gebraucht. Laura – Liebling – ich habe gestern den Mann gesehen. Den richtigen Mann. Den Mörder.«

Laura warf ihm einen kühlen Blick zu.

»Und trotzdem war der Morgen mit Forrest zermürbend.«

Richard ließ sich schwer in einen Sessel fallen.

»Forrest sagt, er hat ein Alibi. Sein Name ist in der Kartei der Polizei. Er heißt Hale. Er ist in der Verbrecherwelt dafür bekannt, daß er fremde Aufträge übernimmt. Sein Alibi ist so falsch wie alles andere in dieser Geschichte.«

Laura schwieg.

»Wenn Forrest Hale so in die Zange nehmen würde, wie er mich in die Zange genommen hat, würde er vielleicht ein Geständnis aus ihm herausbekommen. Wenn Forrest von der Korruption in der Firma wüßte, wenn Merrett nicht solche Angst vor schlechter Publicity hätte, wenn Forrest nur einen Millimeter über seine Protokolle hinausblicken würde –« Er brach ab.

»Vielleicht«, sagte Laura, »suchen sie nur nach Beweisen dafür, daß du eingebrochen und den armen Jungen getötet hast.«

»Glaubst du das?«

»Ich betrachte die Sache von ihrem Gesichtspunkt. Du warst dort, um Cosgrove zu besuchen, was du nie zuvor getan hattest. Und ausgerechnet an dem Abend wird bei Cosgrove eingebrochen. Wieso sollte da Forrest nicht mißtrauisch sein?«

»Und wenn sie irgendwelche Beweise gegen mich fabrizieren könnten, wärt ihr alle glücklich und zufrieden.«

Laura kam näher und blickte auf ihn hinunter.

»Du erwartest, daß jeder an deine Tadellosigkeit glaubt, nicht wahr? Nur weil du du bist.«

»Aber du weißt es besser – wegen Julie.«

»Das habe ich nicht gesagt.« Laura seufzte. »Das ist es nicht.« Sie sah auf ihre Uhr. »Ich wollte eigentlich weg sein, ehe du nach Hause kamst. Eben um diese Bitterkeit zu vermeiden.«

»Wie kannst du Bitterkeit vermeiden, indem du mich verläßt?« Richard stand auf und zog sie an sich. »Liebling, du bist alles, was ich habe. Du bist der einzige Mensch, an dem ich mich festhalten kann, bis alles vorbei ist.«

Laura entzog sich ihm. »Nein, ich habe mich entschlossen. Es ist besser so.«

»Aber es ist doch das Wochenende.« Das Wochenende dehnte sich wie eine endlose Wüste vor ihm. »Wohin willst du?«

»Ich ziehe zu Helen. Wir haben es schon besprochen.«

»Ach so!« Er ließ sie los.

»Was soll das heißen?« fragte Laura kühl.

»Ich habe mich zwischen dich und Helen gedrängt, nicht?«

»Sei nicht albern. Helen ist meine Freundin.«

»Sie dachte, sie besäße dich. Von dem Moment an, als wir uns kennenlernten, konnte sie mich nicht leiden.«

»Wenn du auf lesbische Liebe anspielen solltest, dann sag es klar und deutlich. Die Antwort lautet nein.« Sein Lächeln gefiel ihr nicht. »Es wird mir Spaß machen, mit Helen über ihre Fälle zu sprechen. Die Sozialarbeit fehlt mir.«

»Du könntest mich in den Genuß deiner Kenntnisse und Erfahrungen kommen lassen.« Er haßte sich für diese geschmacklose Bemerkung. Er haßte sich für die abschätzige Art, wie er über ihre Freundschaft mit Helen gesprochen hatte. Nur weil er selbst verzweifelt war, wollte er ihr weh tun. Leise, ihr den Rücken zugewandt, sagte er: »Ich möchte nicht, daß du gehst.«

Ihre Stimme war ätzend. »Und ich möchte mich nicht von diesem Menschen belästigen lassen.«

Haß gegen Cosgrove verzehrte ihn. Und Verzweiflung. Er konnte es nicht ertragen, daß Laura gehen wollte. Er würde es nicht ertragen können, ohne sie zu sein.

»Du hast dich so verändert«, sagte Laura. »Du warst so ein aufrechter Mensch. Jetzt scheinst du Unehrlichkeit zu akzeptieren. Dieser widerwärtige Mensch – ich habe einfach das Gefühl, dich nicht mehr zu kennen.«

Richard rührte sich nicht. Ihre Worte trafen ihn wie Schläge.

»Wie kannst du ihn ertragen?« fragte Laura.

Das erboste Richard. Es ging nicht um das Wie; es ging um das Warum. Laura wußte, warum er Cosgrove ertragen mußte. Er hatte es ihr erklärt. Er fuhr herum.

»Du erträgst Helen ja auch.«

Laura ignorierte die Bemerkung. Sie ging zur Tür. Ihre Stimme war sanft.

»Es ist das beste für uns beide, Richard. Wesentlich konstruktiver als diese Szenen.«

»Ist Helen auch fromm?«

Laura ging hinaus und schloß die Tür. Nach einer Weile hörte Richard das Hupen des Taxis. Laura öffnete noch einmal die Tür.

»Ich rufe dich natürlich an, und du kannst mich jederzeit bei Helen anrufen. Und wenn du es auch noch so sehr verachtest, Richard, ich bete für dich.«

Sobald Richard am Montagmorgen nach dem einsamen Wochenende ins Büro kam, ging er zu Merrett. Er würde die Schläge des Schicksals nicht einfach mehr hinnehmen. Er würde endlich etwas tun. Merrett schien jovialer Stimmung. Auf dem runden Gesicht lag ein warmes Lächeln.

»Mein lieber Richard. Kommen Sie herein.«

Den Hut in der Hand, das Lächeln erwidernd, trat Richard zum Schreibtisch.

»Ich wollte nur fragen, Sir, ob Ihre Untersuchung inzwischen etwas erbracht hat?«

Merrett machte ein verwundertes Gesicht.

»Hinsichtlich Ihrer dummen Situation, meinen Sie? Soll das heißen, daß dieser Beamte – wie heißt er gleich wieder? – Sie im dunklen tappen läßt?«

»Ich meine – ich meinte die Korruptionssache, Mr. Merrett. In der Firma.«

Merretts Stirnrunzeln war nur flüchtig. Dann lächelte er wieder. In seiner Stimme lag ein Hauch von Herablassung.

»Ich glaube fast, Sie haben zu viele Kriminalfilme gesehen, Richard. Mein lieber Junge, es gab nur diesen einen Wechsel von Shipton zu Boniface, und dazu kam es nur, weil Boniface die Lieferung garantieren konnte, während Shipton das nicht konnte – auch qualitativ bessere Ware. Ich habe Worthington gebeten, der Sache nachzugehen, und er hat nichts gefunden, glauben Sie mir.«

Sie hatten also sogar Merrett Sand in die Augen gestreut. Das Sicherheitssystem der Organisation mußte bestens funktionieren.

»Sonst noch etwas, Richard?«

Richard seufzte. »Meine Stellung hier, Sir.« Er sah Merrett an. »Ich mache mir Sorgen. Ich stehe immer noch unter Verdacht. Das kann für die Firma nicht gut sein. Es gibt noch immer kein –« Er konnte nicht weitersprechen.

»Aber Richard! Ist das alles? Lassen Sie sich da mal keine grauen Haare wachsen. Bei uns haben Sie immer einen Platz.«

Richard schluckte krampfhaft, dann sagte er hastig: »Ich kann das nicht mehr lange aushalten. Der andere Mann, der an dem Abend dort war – ich habe ihn neulich gesehen, den Mörder. Forrests Leute haben ihn gefunden, er ist in ihrer Kartei, er ist vorbestraft, aber er hat ein Alibi. Es kann nur ein falsches Alibi sein. Die Situation ist – sie zermürbt mich einfach. Ich habe das Gefühl, ich kann nicht mehr mit ihr fertigwerden.«

»Aber lieber Junge – Richard! Ich hatte ja keine Ahnung.« Die Wärme in seinen Worten war echt. »Sie müssen mit meinem Anwalt sprechen. Ich rufe ihn sofort an.« Er zog einen seiner Telefonapparate zu sich heran.

»Das ist sehr freundlich von Ihnen, Sir. Aber was kann er tun, was Forrest nicht tun kann?«

Merrett lächelte. »Es gibt solche und solche Methoden, Richard. Und jetzt hören Sie auf, sich Sorgen zu machen.« Er wählte.

Richard hörte zu, während Merrett sprach. Es war ihm peinlich, so lästig zu sein.

»Na bitte«, sagte Merrett und legte auf. »Sie haben Glück. Mr. Worthington kommt noch heute auf einen Sprung zu Ihnen ins Büro.«

»Danke, Mr. Merrett. Vielen Dank! Das alles tut mir wirklich leid.«

»Vergessen Sie's, Richard!«

Richard lächelte und ging zur Tür.

»Und Richard«, rief Merrett, »ich glaube, Sie haben seit längerer Zeit keine Gehaltserhöhung mehr bekommen, nicht wahr?« Richard sah ihn an. »Ich werde mich darum kümmern.«

»Danke, Sir.« Richard ging. Er lächelte über den Gedanken, der ihm durch den Kopf schoß. Der Anteil in anderer Form. Die nervliche Belastung löste jetzt derart hirnverbrannte Vorstellungen in ihm aus.

Worthington kam kurz nach drei. Blond, klein, rosiges Gesicht. Das Alter schwer zu schätzen. Zwischen 35 und 50, dachte Richard.

»Es versteht sich«, sagte Worthington, »daß Mr. Merrett mir Ihre Lage nur in aller Kürze schildern konnte. Vielleicht würden Sie mir mit eigenen Worten berichten, Mr. Ross.« Er hob ein schlaffes Handgelenk, um auf seine Uhr zu sehen. »Ich wäre Ihnen dankbar, wenn Sie sich möglichst kurz fassen würden.«

Richard berichtete. Das Gesicht des Anwalts verriet keine Reaktion. Nach einem Moment des Schweigens sagte er: »Mir scheint, es gibt da sehr wenig, worauf wir uns stützen können. Es ist schwierig – zu diesem Zeitpunkt, verstehen Sie –, insbesondere, da dieser Hale ein Alibi vorweisen kann, mit dem die Polizei, wie Sie sagen, zufrieden ist.«

»Ein falsches Alibi«, erklärte Richard.

»Ja, das sagten Sie bereits.«

»Diese Edith Taylor ist eine Freundin von Hale. Sie ist garantiert in alles eingeweiht.«

»Wenn sich das als richtig erweist, dann läßt sich vielleicht etwas machen. Wir werden sehen.«

»Es ist nicht mehr viel Zeit«, sagte Richard.

»Das ist mir klar. Sie befinden sich in einer äußerst prekären Situation.«

Das wußte Richard selbst. Er hatte Fragen erwartet.

»Aber«, fuhr Worthington fort, »wir werden sehen, was sich tun läßt. Unglückselige Geschichte.«

»Können Sie über Hale Erkundigungen einziehen? Er heißt James Hale.«

»Mein lieber Mr. Ross, die Angelegenheit liegt Mr. Merrett sehr am Herzen. Selbstverständlich wird getan, was getan werden kann.« Er stand auf. »In der Zwischenzeit – wenn ich recht verstanden habe, beruhen die Beweise gegen Sie durchweg nur auf Indizien?«

»Ja.« Richard stand ebenfalls auf.

»Sehr gut«, sagte Worthington. Er ging zur Tür. Richard folgte. »Sie hören zu gegebener Zeit von mir. Guten Tag, Mr. Ross.«

Richard setzte sich wieder. Er hatte kein Vertrauen zu Worthington. Der Mann wirkte falsch auf ihn. Er hatte nichts gesagt. Richard als Mensch berührte ihn nicht. Er war ein Fremder ohne persönliches Interesse.

13

Es war halb zehn vorbei, als Richard bei Cosgrove läutete. Er blickte auf Slocombes Tür und dachte daran, wie einsam Slocombe sich fühlen mußte.

»Mensch, Kumpel, Sie halten wohl nichts davon, sich anzumelden, wie?«

»Halten Sie denn was davon?« konterte Richard.

Er hatte Cosgrove sechs Tage lang nicht gesprochen, seit dem Abend, als Cosgrove unangemeldet bei ihnen hereingeplatzt war und die bittere Szene mit Laura heraufbeschworen hatte.

»Na, dann kommen Sie rein.«

Richard ging ins Wohnzimmer und setzte sich auf das schmierige Sofa. Cosgrove schloß die Tür. Er ging zum Barwagen und schenkte Richard einen Whisky ein.

»Bitte, alter Junge.«

Er ließ sich in einen Sessel fallen und steckte sich eine Zigarre an.

»Also, was haben Sie auf dem Herzen, Kumpel?«

Richard kam gleich zur Sache.

»Sie haben mal gesagt, die ganze Organisation würde von einem hohen Tier geleitet.«

»Na klar. Geht ja gar nicht anders.«

»Wer ist das?«

Cosgrove grinste und spülte einen Schluck Whisky hinunter.

»Ehrlich, Richie, Sie sind ein Unikum.«

»Wer ist es?«

»Ist das Ihr Ernst? Das sieht doch ein Blinder mit Krückstock.«

»Dann nehmen Sie an, ich bin der Blinde mit dem Krückstock.«

»Merrett. Wer sonst?«

Der Schock ließ sogleich nach. Die Vorstellung war zu absurd.

»Warum lügen Sie mich an?«

»Aber, Richie, wie kommen Sie denn darauf, daß der aalglatte Bursche eine weiße Weste hat? Er ist der Kopf des Ganzen.«

Diesmal war der Schock total. Cosgrove hatte keinen Grund zu lügen. Und es war logisch. Merrett befand sich in idealer Position. Generaldirektor der Verteilerfirma. Er dachte daran, wie Merrett ihn abgewimmelt hatte. Das Gerede über den guten Ruf der Firma. Merretts Ermutigungen und Versicherungen, die Gehaltserhöhung, obwohl Gehaltserhöhungen üblicherweise stets mit der Weihnachtsgratifikation kamen.

»Bis über beide Ohren, Kumpel«, sagte Cosgrove.

Kein Wunder, daß Richard Worthington so nichtssagend gefunden hatte. Auch Worthington war zweifellos in die Sache verwickelt und vorher von Merrett genauestens darüber instruiert worden, wie er diesen vertrauensseligen Narren Ross zu behandeln hatte.

»Kleiner Schock, wie?«

»Eigentlich nicht.« Und er merkte jetzt, wo der erste Schock vorüber war, daß es im Grund wirklich keiner war. Er hätte es erraten müssen. Vielleicht hatte er die ganze Zeit nur Angst gehabt, es zu denken. »Eigentlich nicht«, sagte er wieder.

Er zündete sich eine Zigarette an und lächelte zu Cosgrove hinüber. Cosgrove war der Schlüssel. Er mußte Augen und Ohren offenhalten. Vielleicht würde sich Cosgrove irgendwie verraten.

»Sie haben mal gesagt, daß ein Ausrutscher nicht möglich ist. Aber nehmen Sie an, es passiert doch einer? Ein unbedachtes Wort, oder jemand, der etwas merkt, so wie ich.«

Cosgrove lachte. »Sie gehen mir auf die Nerven mit Ihrer ewigen

Vorsicht. Glauben Sie mir, so was kommt nicht vor. Die Organisation besteht ja nicht nur aus uns, Kumpel, mir und Ihnen, sie ist ein riesiger Konzern.«

Richard machte es wütend, daß Cosgrove ihn in die Organisation einschloß.

»Southern International ist Eigentümer der Firmen«, fuhr Cosgrove fort, »oder zumindest gehört ihr von jeder Firma ein großer Teil, verstehen Sie?«

Richard verstand. Streuung. Er war ein Einfaltspinsel. Cosgrove hatte es schon richtig gesehen. Eine Kette von Unternehmen, die rechtlich und finanziell von einer Gruppe korrupter Geschäftsleute beherrscht wurde. Cosgrove war in dieser Organisation nur eine Nummer. Richard hatte das Gefühl, rapide abwärts zu rutschen.

»Ihnen muß man wirklich mal die Augen öffnen, Kumpel. Sie tun so, als wäre das was Neues. Das geht schon seit Jahren so. Es ist keine einmalige Angelegenheit.«

Cosgrove sog an seiner Zigarre. Die Asche fiel auf den Sessel. Er hatte gelbe Socken an und schwarze Wildlederschuhe.

Cosgroves Stimme dröhnte weiter. Er schenkte frische Drinks ein. Die Stimme und der Whisky schläferten Richard ein. Laura schien weit fort. Er hatte keinen Whisky mehr trinken wollen. Er hatte hart und resolut sein wollen. Wie immer hatte Cosgrove ihn weichgemacht. Cosgrove hatte allen Grund, ihn als Schwächling zu betrachten. Cosgrove, der Mann, der stets positiv dachte, der Mann der Tat.

»Jedes Geschäft ist rechtlich in Ordnung, Kumpel. Alles reell und einwandfrei. Und was das Auge nicht sieht, ist kein Beweis.«

»Sie sind sich Ihrer Sache sehr sicher«, sagte Richard mit einem Lächeln.

»Warum nicht, Kumpel? Das Rennen ist gelaufen.«

»Und auch meiner sind Sie sicher.«

»Richie, ich hab' den Mord nicht eingefädelt.« Cosgroves Lächeln war entwaffnend. »Sie können mir schließlich nicht an einem

Akt Gottes die Schuld geben. War eben Pech, Kumpel.«

»Und der Einbruch?«

Ein argwöhnischer Ausdruck blitzte in Cosgroves blassen Augen auf. »Dasselbe«, sagte er.

»Was wurde gestohlen?«

»Unterlagen.«

»Was für Unterlagen?«

»Ich glaub', das haben wir schon mal durchgekaut.«

»Es ist komisch, daß auf den Diebstahl der Unterlagen hin gar nichts passierte.«

»Gar nicht komisch, Kumpel. Jemand wollte was verschwinden lassen.«

»Jemand, der wußte, daß er das belastende Material hier in der Wohnung finden würde?«

»So muß es gewesen sein.«

»Und Sie haben keine Ahnung, wer es war und was er wollte?«

»Nicht die geringste«, erklärte Cosgrove. »Richie, Sie können nicht dagegen an, warum machen Sie also nicht einfach mit?« Er schwieg einen Moment und fügte dann hinzu: »Nehmen wir an, Sie machen die Klappe auf – glauben Sie, daß auch nur einer da ist, der Ihre Behauptungen bestätigt?«

Es hatte einen gewissen Reiz. Man würde ihn verwöhnen, beschützen, befördern. Materiell würde er sich viel besser stehen. Und es würde ihn nichts weiter kosten als ein paar Prinzipien. Er konnte hier sitzen und das Angebot sachlich betrachten und gleichzeitig voller Entsetzen darüber sein, daß er so tief gesunken war.

Richard schob sein Glas weg. Langsam sagte er: »Sind die Leute in Übersee auch mit drin?«

Cosgrove legte den Zeigefinger an die Nase.

»Denen ist alles gleich, Richie, solange die Ware kommt.«

»Auch, von welcher Qualität die Ware ist.«

»Hören Sie mal, Richie, Sie sind da wirklich auf dem Holzweg. Unsere Vertragsfirmen handeln nicht mit minderwertiger Ware.

Das würde sich nicht auszahlen. Die Inspektoren sind schließlich auch noch da.«

»Sind die nicht auch gekauft?«

»Sie denken wohl immer nur das Schlimmste, Richie?«

Richard lachte. Cosgrove warf ihm einen scharfen Blick zu, dann lachte er auch.

»Kleiner Witzbold, wie?«

»Sagen wir, ich hab' ein Gewissen«, versetzte Richard lächelnd.

Cosgrove räkelte sich wieder in seinen Sessel.

»So deutlich ist das gar nicht zu merken, Kumpel.«

Richard blickte auf die schwarzen Schuhe, gelben Socken, die schmutzigbraune Hose, das lilafarbene Hemd, in das flatschige Fischgesicht. Warum stand er nicht einfach auf und schlug den Kerl in das schwabbelige Gesicht? Er haßte ihn.

»Aber ganz tot ist es noch nicht«, versetzte er ruhig.

Cosgrove ergriff sein Glas. »Sie sind ein bißchen spät dran mit Ihrer Frömmelei. Vergessen Sie das nicht, Richie!«

Cosgrove hatte recht. Es war viel zu spät.

»Gebrauchen Sie Ihren Grips, Kumpel.«

Bedächtig sagte Richard: »Was würde es mir helfen, wenn ich mitmache? Der Mord bleibt trotzdem an mir kleben.«

Cosgrove antwortete nicht. Er stand auf und nahm Richards Glas mit. Richard hielt den Atem an. Sein Instinkt sagte ihm, daß dies ein kritischer Moment war. Cosgrove brachte Richard seinen Whisky und marschierte dann mit seinem eigenen Glas in der Hand im Zimmer herum. Am Fenster blieb er schließlich stehen und drehte sich um.

»Verläuft vielleicht einfach im Sand.«

Richard zwang sich, ruhig zu sprechen. »Wie?«

Cosgrove zuckte die Achseln. »Beziehungen.«

Richard schob sein Glas weg. Auf Cosgroves Fischgesicht lag ein schmieriges Lächeln. Das Lächeln eines Gewohnheitslügners. Er log je nach Bedarf. Richard stand auf, ein wenig unsicher.

»Und wenn ich nicht mitmache?«

Cosgrove hob die Schultern in einem übertriebenen Achselzukken.

»Das ist nicht meine Sache, Kumpel. Ich hab' genug für Sie getan, aber bei der Polizei kommt das nicht an.« Er sah auf seine Uhr. »Es ist halb zwölf. Wollen Sie die ganze Nacht bleiben?«

Richard ging zur Tür. »Dann ist das wohl der einzige Ausweg. Kann ich's mir noch mal überlegen?«

Cosgrove kam ebenfalls zur Tür.

»Klar, Richie. Aber viel zu überlegen gibt's da nicht, oder?«

Richard fuhr langsam nach Hause, wegen des Whiskys. Seine Entschlossenheit, etwas zu tun, hatte nur bewirkt, daß das Netz um ihn sich noch fester zugezogen hatte. Doch als Cosgrove so beiläufig von Beziehungen gesprochen hatte, war ihm ein Gedanke gekommen. Er dachte jetzt darüber nach. Viel war es nicht, nur eine kleine Chance. Er würde mit Porter sprechen, dem Repräsentanten von Shipton. Er würde vorsichtig zu Werke gehen müssen; er kannte Porter ja nur flüchtig. Aber lohnen würde es sich auf jeden Fall, einmal an Porter heranzutreten und zu sehen, wie er reagierte.

Sobald er am nächsten Morgen in der Firma war, rief er Merrett an. Merrett war herzlich wie immer.

»Selbstverständlich, mein Junge. Wie wäre es um halb zwölf?«

»Das paßt gut, Sir. Vielen Dank.«

Er blickte auf seinen Kalender. Der 6. Juni. Genau drei Wochen waren seit dem Abend vergangen, an dem er Cosgrove besucht hatte. Ihm kam es vor, als wären es drei Jahre.

Das Telefon klingelte. Es war Laura.

»Richard, endlich. Ich habe gestern den ganzen Abend versucht, dich zu erreichen. Wie geht es dir?«

»Ganz gut. Und dir?«

»Sehr gut. Richard, Lieber – wie geht es?«

Er wußte, was sie meinte, doch er sagte: »Nicht sehr gut, ohne dich.«

»Ich meine –« Sie machte eine Pause und sagte dann: »Ich habe noch einmal mit Mr. Forrest gesprochen. Ich hielt es für besser, ihm meine Telefonnummer hier mitzuteilen, und er meinte, es wäre vielleicht nützlich, wenn wir uns noch einmal unterhielten.«

»Oh.« Richard seufzte.

»Ich glaube, das war es wirklich. Mach dir also deshalb keine Sorgen. Ich habe ihm deine Theorie auseinandergesetzt – so, wie du sie mir erklärt hast. Ich habe ihn darauf hingewiesen, wie genau das alles auf den Mann paßt, den du gesehen hast – viel besser als auf dich, sagte ich, weil es einfach undenkbar ist, dich solcher Dinge zu verdächtigen.«

»Danke, Liebling.« Sie konnte sein trübes Lächeln nicht sehen.

»Ißt du auch richtig?«

»Natürlich.« Er hätte gern gesagt, komm zurück, aber die Worte blieben ihm im Hals stecken.

»Gott segne dich, Richard.« Sie legte auf.

Er war froh, daß sie überhaupt angerufen hatte. Sie hatte nicht gefragt, wo er am vergangenen Abend gewesen war. Sie hatte es instinktiv gewußt.

Pünktlich um halb zwölf klopfte er bei Merrett.

»Kommen Sie herein, Richard!« Das gewohnte sonnige Lächeln.

Richard trat zum Schreibtisch. Er mochte Merrett immer noch, wollte ihm vertrauen wie immer.

»Nehmen Sie Platz, Richard! Worthington sagte mir, daß es durchaus Möglichkeiten gibt, Sie da herauszupauken.«

»Tatsächlich?« Das entsprach nicht dem Eindruck, den er von Worthington erhalten hatte. »Das ist schwer zu glauben.«

»Mein lieber Junge, man darf die Flinte nie ins Korn werfen.«

Richard zündete sich eine Zigarette an. Er mußte es sagen und diesmal festbleiben. Merrett brachte ihm Teilnahme entgegen; er sah, wie mitgenommen Richard war.

»Sir, ich möchte Sie um Erlaubnis bitten, Forrest zu erklären, warum ich an jenem Abend bei Cosgrove war. Ich möchte Sie bitten, mir Ihre Unterstützung zu geben, wenn Cosgrove zu lügen anfängt. Er wird nämlich behaupten, ich wäre dagewesen, um mir, wie gewohnt, meinen Anteil abzuholen.«

»Sie träumen, Richard. Ihre Beschuldigungen haben keine Grundlage. Es gibt keine Verschwörung, keine dunklen Geschäfte, nichts.« In seinem Ton lag Ungeduld.

»Ich weiß, daß die Sache in diesem Stadium noch vage aussieht«, erwiderte Richard. »Ich weiß nur das, was Cosgrove mir über die Operation gesagt hat, aber das reicht.«

Merrett lächelte wieder. »Mein lieber Junge, sind Sie sicher, daß er Sie nicht auf den Besen geladen hat?« Er lachte. »Er ist ein Schalksnarr, wissen Sie.«

»Cosgrove machte keine Witze«, versetzte Richard. »Ich hatte gehofft, Mr. Worthington würde etwas zutage fördern. Er hätte die Mittel zu –«

»Worthington hat sorgfältige Nachforschungen angestellt«, fuhr Merrett ihn an.

Richard drückte seine Zigarette aus. Er wollte Merrett nicht in Zorn bringen. Er blickte Merrett in die Augen, und der Ausdruck darin gefiel ihm nicht.

»Sie wissen wirklich nichts darüber, Sir?«

»Mein lieber Ross, wie oft noch?«

»Sie sind nicht – der führende Kopf?«

Zum erstenmal erlebte er Merrett ärgerlich.

»Ich lasse mich doch nicht von Ihnen aufgrund einer absolut lächerlichen Theorie, die Ihrer übersteigerten Fantasie entsprungen ist, ausfragen! Reißen Sie sich zusammen, Ross. Wie lange sind Sie schon bei uns? Sie kennen die Einstellung der Firma, die Ehrlichkeit unserer Verträge. Mir scheint, Sie versuchen, sich mit aus der Luft gegriffenen Gerüchten und Anspielungen aus einer Patsche herauszuwinden, in die Sie leider geraten sind. Gerade von Ihnen hätte ich derartige Angriffe nicht erwartet. Es ist traurig, wenn ein im Grunde anständiger Mensch wie Sie plötzlich blindlings auf äußerst bösartige Weise seine Mitmenschen angreift.«

Richard steckte Zigaretten und Feuerzeug ein. Er fand, Merrett hätte sich selbst schuldig gesprochen.

»Die Southern International genießt auf der ganzen Welt einen ausgezeichneten Ruf. Wir genießen das Vertrauen und die Unterstützung unzähliger Regierungsbehörden und Kreditanstalten. Wir sind ein geschätzter Klient der besten Wirtschaftsprüferkanzlei im ganzen Land.«

Tat Merrett nicht das gleiche, was Cosgrove getan hatte: Versuchte er nicht, Richard mit der Größe einer Organisation zu beeindrucken, die einen ehrlichen Menschen einfach einschüchtern mußte? Ermahnte ihn Merrett nicht, ein braver Junge zu sein? Sagte er nicht, daß ein Mann in Richards mißlicher Lage gar keine Hoffnung hatte, wenn er nicht klein beigab und mitmachte?

»Sie haben abgenommen, Richard«, sagte Merrett mit der gewohnten Schokoladenstimme. »Ihre Frau macht sich gewiß Sorgen um Sie.« Er lehnte sich lächelnd zurück. »Fallen Sie auf Cosgroves tolle Geschichten nicht herein. Er ist ein rauher Bursche, aber er hat ein goldenes Herz, und in seiner Arbeit ist er ein Genie.« Er sah auf seine Uhr. »Haben Sie sonst noch etwas auf dem Herzen?«

»Nein.« Richard stand auf. »Danke.«

Als er an der Tür war, sagte Merrett: »Lassen Sie es gut sein damit, Richard.«

Richard kehrte in sein Büro zurück. Merrett war ein Schwindler und Lügner.

Nach dem Mittagessen rief er bei Shipton an und verlangte Porter. Doch Porter war verreist und wurde erst am folgenden Tag zurückerwartet. Richard hinterließ seinen Namen und seine Nummer. Wieder Warten. Er wollte diese Sache ins Rollen bringen, ehe er Forrest wiedersah.

14

Porter rief am nächsten Morgen an. »Das ist eine Überraschung, Mr. Ross.« Er schien etwas argwöhnisch.

»Ja. Ich wollte Sie fragen, ob wir uns einmal sehen können. So schnell wie möglich. In einer geschäftlichen Sache.«

»Sicher. Paßt es Ihnen heute? Ich bin gegen sechs frei.«

»Sehr schön.« Richard schlug eine Bar vor.

Richard kam gleich zur Sache, als sie beieinander saßen.

»Sie hatten recht. Der Vertrag mit Boniface war Schwindel.«

Porter nickte. Dann lächelte er. »Habe ich das gesagt?«

»Nicht mit Worten, aber Sie ließen es sich deutlich merken. Ich ging der Sache nach. Als Folge davon stehe ich jetzt unter Mordverdacht.«

»Ja, ich habe schon so was läuten hören«, erwiderte Porter. »Das ist doch ein Witz.«

»Danke«, sagte Richard. »Ich würde es Ihnen gern erzählen.«

»Schießen Sie los.«

Richard hatte inzwischen genug Übung. Die kurze Geschichte schien ihm der Inhalt seines Lebens. Er brauchte keine Zeit damit zu verschwenden, Porter zu überzeugen. Porter kannte Richard gut genug und mochte ihn; und Porter glaubte ihm, weil er glauben wollte. Er wollte die Korruption aufdecken. Er wußte einiges über das Funktionieren der Organisation, doch als Richard ihn in die weitverzweigten Operationen einweihte, pfiff er durch die Zähne.

»Da hat ein ehrlicher Mensch kaum eine Chance, wie?«

»Aber genug ehrliche Menschen könnten vielleicht genug Material ausgraben, um eine amtliche Untersuchung zu veranlassen«, sagte Richard.

Porter sah ihn mit grimmiger Entschlossenheit an. »Sie meinen, man sollte sich zusammentun?«

»Ja. Sie wissen von den Schwindelgeschäften, also kennen Sie sicher auch interessierte Parteien.«

»O ja. An erster Stelle steht da Bob Slade, ein Buchprüfer. Er hat einiges gesehen, einiges mitbekommen. Wir haben uns schon darüber unterhalten und überlegt, was wir tun könnten. Er hat ein paar Gedanken. Und Freunde.«

»Ich würde ihn gern kennenlernen«, sagte Richard. »Vielleicht könnten wir uns einmal bei mir zu Hause zusammensetzen.«

»Das arrangiere ich gern, Mr. Ross. Soll ich Sie im Büro anrufen?«

»Jederzeit«, sagte Richard.

Sie trennten sich auf der Straße. Richard wünschte, er hätte Porter gut genug gekannt, um sich von Anfang an mit ihm beraten zu können. Porter hatte damals schon gewußt, daß Korruption im Spiel war. Wieder einmal machte Richard sich seine Vorsicht zum Vorwurf. Nur sie hatte dazu geführt, daß er so leicht Cosgroves Beute geworden war.

Er verscheuchte die Gedanken. Reue war für die Besiegten.

Am Donnerstag kam er sich vor wie ein Verlorener. Sein Büro war ein Gefängnis. Er brauchte Laura. Es gab keinen Ersatz für Laura. Er hatte keinen festen Plan für den Tag, wußte nicht, was er anfangen sollte. Er versuchte, Miss Forsyths vertrauliches Lächeln zu ignorieren. Wieso hatte er sie jemals hübsch gefunden? War er ungerecht?

Im Laufe des Morgens rief Porter an.

»Paßt Ihnen Freitag? Morgen? Slade und ich könnten gegen neun bei Ihnen sein.«

»Ausgezeichnet. Ich freue mich.« Richard erklärte Porter genau den Weg.

Nun, das war immerhin etwas. Nicht viel, aber besser als gar nichts. Vielleicht würde etwas dabei herauskommen; aber es würde lange dauern. Zu lange. An diesem Morgen sah er keinen Ausweg. Seine Stimmung war auf den Nullpunkt gesunken. Vor sechs Tagen hatte er das letztemal mit Forrest gesprochen. Forrest hatte damals eine Endgültigkeit gezeigt, die ihn erschreckt hatte. Laura hatte auf grausam unverblümte Weise gesagt, daß sie vielleicht nur nach Beweisen dafür suchten, daß Richard der Mörder war. Es gab keinen Beweis. Doch selbst ohne Beweis würde das Stigma bleiben; der Druck würde unerträglich werden, und vielleicht würde er Laura für immer verlieren.

Als er nach dem Mittagessen aus dem Lift trat, ging er zu Cosgroves Büro und trat ein, ohne anzuklopfen. Wenn er vorher überlegt hätte, dann wäre er umgekehrt. Cosgrove schien gereizter Stimmung. Seine schlaffen Gummilippen waren in mürrischem Schmollen vorgeschoben. Schlechte Nachrichten vielleicht? Richard setzte sich Cosgrove gegenüber und steckte sich eine Zigarette an, während Cosgrove ihn mißmutig ansah. Richard ließ seinen Hut auf.

»Ich hab' zu tun«, bemerkte Cosgrove unwirsch.

»Ich habe mir Merrett vorgeknöpft.«

Cosgrove sperrte den Mund auf. »Sie, was?«

»Ich habe Merrett gefragt, ob das, was Sie mir gesagt haben, stimmt.«

Cosgrove lehnte sich zurück und stieß einen Pfiff aus.

»Sie haben vielleicht Nerven. Was Dümmeres ist Ihnen wohl nicht eingefallen, wie?«

Er würde sich von Cosgrove nicht bluffen lassen.

»Es geht schließlich um Leben und Tod.«

»Und was hat er gesagt?« fragte Cosgrove mit füchsischem Lächeln.

»Zu nachdrücklich protestiert.« Richard fühlte sich gelassen, ganz Herr der Situation.

Cosgrove lächelte immer noch. Das Telefon läutete. Cosgrove runzelte die Stirn, hob ab und sagte: »Cosgrove.« Dann schimpfte er in gesenktem Ton: »Ich habe gesagt, jetzt nicht.« Damit knallte er den Hörer auf die Gabel. Es kostete ihn Mühe, seine Ruhe zu bewahren. Er war offensichtlich aus der Fassung. Weil Richard da war? Es hatte den Anschein, als übte jemand Druck auf Cosgrove aus.

Cosgrove tat so, als beugte er sich wieder über seine Arbeit. Während Richard ihn beobachtete, dachte er an die Dinge, die

Cosgrove gesagt hatte. Erst am vergangenen Montag hatte er erklärt, die Mordsache könnte im Sand verlaufen. Die ganze Zeit schon hatte er ähnliche Anspielungen fallenlassen; wenn Richard nur den Mund hielt, würde sich alles regeln.

Cosgrove blickte ihn wütend an. »Ich hab' gesagt, ich hab' zu tun, alter Junge.«

Richard lächelte. »Ich rauche nur meine Zigarette fertig.« Er glaubte nicht, daß Cosgrove so weit gehen würde, ihn gewaltsam hinauszuwerfen. Cosgrove zuckte die Achseln, heuchelte Gleichgültigkeit und beugte sich wieder über seine Arbeit. Doch Richard sah sein Unbehagen.

Am Abend des Mordes hatte Cosgrove gesagt, am nächsten Tag würde alles anders aussehen. Wenn Cosgrove nun gewußt hatte, was geschehen würde? Der Verdacht war nicht neu. Er war aus Verzweiflung geboren, doch jetzt schien er direkt logisch.

Richard drückte seine Zigarette aus.

»Ich habe Forrest gegenüber angedeutet, daß die ganze Sache absichtlich inszeniert worden sein könnte.«

Cosgrove hob den Blick. »Was für eine Sache.«

»Die Mordnacht.«

»Der Mord soll inszeniert worden sein? Sie sind ja nicht bei Trost.«

»Nicht der Mord«, versetzte Richard. »Aber der Rest. Ich sagte das schon in der ersten Woche zu Forrest.«

»Ach nein?« Cosgrove lächelte. »Und warum?«

Sie sahen einander an. Richard wußte, daß er ein gefährliches Spiel spielte. Er nahm sich eine frische Zigarette und zündete sie an. Ganz bedächtig. Cosgrove nahm sich eine Zigarre und biß das Ende ab.

»Der Mann, der den Datsun gesehen hat, erinnerte sich der ersten zwei Buchstaben meines Kennzeichens«, bemerkte Richard.

Cosgrove steckte seine Zigarre an. »Pech«, sagte er und machte hinter einer Rauchwolke ein teilnahmsvolles Gesicht.

»Vielleicht hat er den anderen Datsun gesehen. Vielleicht hatte der ein gefälschtes Nummernschild.«

»Vielleicht können Schweine fliegen.« Cosgrove machte ein gelangweiltes Gesicht.

Richard holte tief Atem und lächelte. »Haben Sie die verschwundenen Unterlagen selbst entwendet?«

»Bei Ihnen piept's wohl?«

»Wieso sollen Sie sich spurlos in Luft aufgelöst haben?«

»Der Dieb hat sie vernichtet.«

»Oder es sind nie welche gestohlen worden.«

Cosgroves Verhalten änderte sich. Er wurde zu dem groben Gesellen, der er war.

»Also, ich hab' genug von Ihren verrückten Theorien, Kumpel.« Mit einer heftigen Bewegung stand er auf. »Schließlich sitzen Sie in der Tinte, nicht ich. Verschwinden Sie endlich.« Drohend kam er um den Schreibtisch herum.

Das Telefon läutete wieder. Cosgrove riß den Hörer hoch. Seine Stimme war wütend. »Lassen Sie mich endlich in Frieden. Ich rufe *Sie* an, Sie Vollidiot!« Er schmiß den Hörer hin und wandte sich Richard zu. »Verschwinden Sie jetzt endlich! Ich hab' zu tun.«

Mit Cosgroves Wut steigerte sich Richards Ruhe. Jemand setzte Cosgrove unter Druck; jemand vielleicht, der etwas gegen ihn in der Hand hatte. Wer? Und warum? Es tat gut, Cosgrove in die Enge getrieben zu sehen, zuzusehen, wie er kochte. Von der Tür her grinste Richard freundlich.

»Tschüs.«

Den Abend verbrachte Richard damit, über seine ›verrückten Theorien‹ nachzudenken. Die Zeit flog, und er vergaß seine Einsamkeit. Er vergaß sogar den Whisky.

Als er das erstemal seine Beunruhigung über den Wechsel von Shipton zu Boniface geäußert hatte, hatte Cosgrove ihn eine ganze Woche lang von Tag zu Tag hingehalten. Richard hatte angenommen, Cosgrove paßte es nicht, daß jemand seine Arbeitsweise anzweifelte oder daß er vielleicht die Sache einfach als zu trivial ansah und hoffte, Richard würde es schließlich müde werden, immer wieder zu bohren. Cosgrove kannte Richard, wußte, daß man ihn hinhalten konnte, daß er nicht sofort etwas unternehmen würde. War es also nicht möglich, daß Cosgrove selbst die Länge der Wartezeit bestimmt hatte? Um Zeit zu haben, seine Pläne zu schmieden. Und da kam nun Hale ins Spiel. Cosgrove hatte Beziehungen zu Leuten, die wieder Beziehungen hatten und wußten, wo ein Mann wie Hale aufzutreiben war.

Hale war wesentlich für Richards Theorie. Nur über Hale ließ sich der Zufall erklären, daß zur selben Zeit wie Richard ein Mann, der aussah wie Richard, am Tatort gewesen war. Die Requisiten für Hale hatte Cosgrove ausgesucht: die Brille, den dunklen Anzug, den hellgrauen Datsun. Man hatte gewagt und gewonnen.

Warum der Einbruch? Angenommen Hale war in Cosgroves Wohnung gewesen, um einen Einbruch vorzutäuschen. Aber es hatte gar kein Einbruch stattgefunden. Es fehlten gar keine geheimnisvollen Unterlagen.

Richard war überzeugt, man hatte Hale eingesetzt, um ihm einen Einbruch anzuhängen und ihn so daran zu hindern, seinen Verdacht über die korrupten Geschäfte in die Öffentlichkeit zu tragen. Hale mußte geglaubt haben, es wäre alles vorbei, als Slocombes Sohn ihn überrascht hatte. Es ging um Bruchteile von Sekunden, doch durch einen glücklichen Zufall hatte der Plan doch noch geklappt. Hale, der in Cosgroves Wohnung war, mußte auf Richards Erscheinen gewartet, auf sein Läuten an Cosgroves Wohnungstür gelauscht haben. Und Cosgrove mußte sich auf die Minute genau ausgerechnet haben, wann er zu Hause ankommen mußte. Wenn nicht – wenn er nicht die ganze Zeit schon in der Wohnung gewesen war.

Richard stand auf und wanderte erregt in seinem Arbeitszimmer umher. Das waren eine Menge Vermutungen, doch im Rückblick schienen sie ihm alle logisch.

Cosgrove hatte gewußt, daß Richard warten würde. Er hatte sich ein zutreffendes Urteil von Richard gebildet. Dann hatte Cosgrove ganz berechnend soviel von den korrupten Machenschaften enthüllt, daß Richard zum Mitwisser wurde; und dann hatte er ihm seinen Anteil angeboten. Und wenn Richard daraufhin nicht den Mund gehalten hätte, dann hätte Cosgrove einfach behauptet, er wäre vorbeigekommen, um sich wie immer seinen Anteil abzuholen. Oder, wenn Richard sich gewehrt hätte – dieser Bursche hat mich bedroht, er will einen größeren Anteil haben und ist eingebrochen, um Unterlagen zu stehlen, die ihn belasten. Cosgrove mußte sich schon ohne den Einbruch recht sicher gefühlt haben. Der Einbruch war nur inszeniert worden, um doppelt sicherzugehen.

Hales Alibi ließ Richard nicht gelten. Wenn seine Theorie stimmen sollte, konnte er es nicht gelten lassen. Hale war am Tatort gewesen, aber er war entkommen. Der Tod von Ian Slocombe war ein unglückliches Versehen gewesen – für Cosgrove ein Glücksfall. Nur – hatte jetzt nicht Hale Cosgrove in der Hand? Wenn Cosgrove nicht ein dickes Schweigegeld zahlte, würde Hale den ganzen Schwindel aufdecken.

Sollte er Forrest seine Theorie unterbreiten? Würde Forrest sie in Betracht ziehen? Und Laura? Er konnte nicht warten. Er ging direkt zum Telefon. Helen meldete sich. Sie sagte, Laura läge im Bett, schliefe wahrscheinlich schon.

»Ich muß sie aber sprechen.«

Endlich kam sie. Er erklärte ihr seine Theorie.

Einen Moment blieb sie still, dann seufzte sie. »Hast du mit Mr. Forrest darüber gesprochen?«

»Meinst du, ich sollte es tun, Liebling?«

»Natürlich. Sonst ist das alles doch sinnlos.«

»Sicher. Du hast recht, Liebling.«

»Es ist nach Mitternacht, Richard.«

»Laura –«

»Ja?«

»Du fehlst mir schrecklich.«

»Du fehlst mir auch. Gute Nacht.«

Richard blieb eine Weile neben dem Telefon sitzen. Lauras

kühle Reaktion ließ all seine Unsicherheit wiederaufleben. Laura wollte seine Theorie erst untersucht und bewiesen sehen. Sonst war sie nur Spekulation.

Den ganzen Freitag zögerte er. Im nüchternen Tageslicht wirkte seine Rekonstruktion absurd und theatralisch. Forrest würde das auch finden, oder nicht. Er erinnerte sich an etwas, was Laura einmal gesagt hatte: Die Angst vor den Dingen ist schlimmer als die Dinge selbst. Wenn man etwas immer wieder aufschiebt, schafft man nur Hindernisse. Trotzdem tat er nichts.

Porter und Slade kamen kurz nach neun. Slade war ein großer Mann, größer als Richard, vornübergebeugt, dünn, mit einem grauen Gesicht und feuchtem Händedruck. Er wirkte schüchtern. Richard wünschte, Slade sähe vitaler aus, gewandter, nicht so kränklich.

Porter mußte seine Gedanken erraten haben. Als sie ins Wohnzimmer gingen, flüsterte er Richard hastig zu: »Lassen Sie sich vom Schein nicht täuschen.«

Beide Männer nahmen einen Kognak an.

»Sie sind allein?« fragte Porter, dem die Leere auffiel.

»Meine Frau ist verreist, ja.«

»Für Sie nichts?« Porter hob sein Glas.

Richard schüttelte lächelnd den Kopf. Dann überlegte er es sich anders. Ein Schluck Whisky würde ihm vielleicht ein wenig Auftrieb geben.

»Bob ist sehr interessiert«, bemerkte Porter. »Nicht wahr, Bob. Ich hab' mir schon ein paar möglicherweise schwache Glieder in der Kette notiert – manchmal spielt Neid mit, jemand fühlt sich übergangen oder ausgebootet. Das ist die persönliche Seite. Bob hat Zugang zu einigen Büchern und Akten – obwohl es da natürlich häufig darauf ankommt, daß man zwischen den Zeilen lesen kann.«

Richard nickte und bemühte sich, ein interessiertes Gesicht zu machen. Er fühlte sich niedergeschlagen. Slade hatte noch keinen Ton gesagt. Richard fand ihn farblos. Das, was Porter bisher gesagt hatte, schien Richard nichts mit ihm selbst zu tun zu haben. Nichts mit seinem persönlichen Dilemma.

»Man sagte mir«, bemerkte er, »daß Shiptons Vertrag nicht mehr erneuert wurde, weil die Firma die Lieferung nicht garantieren konnte.«

»Glatt gelogen.« Porter warf ihm einen scharfen Blick zu. »Wer hat das gesagt? Cosgrove?«

»Nein, und ich finde, es spielt keine Rolle, wer es war. Auch die Qualität wurde in Zweifel gezogen.«

»Diese Schweinehunde«, sagte Porter bitter.

Dann fing Slade zu sprechen an. Er wußte von einem Mann, ebenfalls einem Buchhalter, dessen aufwendiger Lebensstil bestimmt nicht von seinem legitimen Gehalt bestritten werden konnte. Er wußte von einem anderen, einem kleinen Angestellten bei einer Regierungsbehörde, der sich vor kurzem eine Hochseejacht gekauft hatte. Er wußte von weiteren, die den Schein der Bescheidenheit wahrten und ihr Geld lieber in Gemälden und anderen Luxusgütern anlegten. Slade schien ungeheuer gut informiert. Was hatte er bisher getan? Plötzlich traute Richard ihm nicht mehr. Doch er vermutete, daß er die Schuld daran vielleicht bei sich selbst zu suchen hatte.

Sie würden wahrscheinlich einen Teil der korrupten Geschäfte aufdecken. Porter konnte es kaum erwarten loszuschlagen. Er wollte Rache, er wollte die führenden Köpfe rollen sehen. Richard war das längst gleichgültig geworden. Er wollte nur seinen guten Namen wiederhaben und Laura.

Gleichzeitig fühlte er sich schuldig, weil er diese Aktion angezettelt hatte. Er hatte Porter den Mund wäßrig gemacht, und seinetwegen hatte Porter Slade herangezogen. Doch sein Gefühl sagte ihm, daß das Unternehmen zum Scheitern verurteilt sei oder sich zu lange hinziehen würde, um erfolgreich zu sein. Aber er konnte nicht warten. Das war alles zu unsicher. Er mußte selbst etwas tun.

Als die beiden Männer gingen, spürte er Porters Mißbilligung.

15

Wieder ein Samstag allein. Der Himmel war grau und bewölkt. Es sah nach Regen aus. Richard ging in den Garten hinaus. Schon zeigten sich Anzeichen, daß den Pflanzen Lauras liebevolle Pflege fehlte. Wie ihm. War es wirklich erst acht Tage her, daß sie gegangen war? Nach dem Frühstück machte er sich daran, in den Beeten und auf den Wegen das Unkraut zu jäten. Es machte ihm Spaß, im Freien zu arbeiten, doch er hatte die ganze Zeit das Gefühl, er müßte eigentlich etwas Wichtigeres tun. Als das Telefon läutete, stellte er erstaunt fest, daß der Morgen fast um war. Es war Sally Cavanagh.

»Richard, das ist aber eine Überraschung. Du überläßt das Telefonieren doch sonst immer Laura.«

»Ich kam gerade vorbei, als es läutete«, sagte er. »Wie geht's?«

»Bestens. Ich weiß, ich komme ein bißchen sehr spät mit meiner Einladung, aber habt ihr beide nicht Lust, morgen abend zum Essen zu uns zu kommen?«

»Ach«, erwiderte Richard, während seine Gedanken rasten, »das ist schade. Wir gehen ins Konzert.«

»Na, ist ja nicht so schlimm«, meinte Sally gutmütig. »Dann eben ein andermal. Was hört ihr euch denn an?«

»Keine Ahnung. Laura hat die Karten besorgt.«

»Typisch Ehemann. Hat Laura einen Moment Zeit?«

»Sie ist gerade im Garten, weißt du. Bis zu den Knien im Dreck. Kann sie dich zurückrufen?«

»Natürlich, jederzeit. Nur nicht nach sechs heute abend.«

»Gut, ich sag's ihr.«

Er war froh, daß Laura nichts gesagt hatte. Er war froh, daß er so gut schwindeln konnte.

Er machte sich etwas zu essen und ging wieder in den Garten. Als es dunkel wurde, setzte er sich ins Wohnzimmer und schaltete den Fernsehapparat ein. Er konnte sich nicht konzentrieren. Plötzlich bekam er Lust auf einen Salat. Er hatte keinen mehr gegessen, seit Laura gegangen war. Nach dem Kaffee ging er nach oben, duschte und zog sich um. Graue Hose, dunkelblauer Rollkragenpullover. Es war halb acht, als er in seine Cordjacke schlüpfte, hinunterging und den Wagen herausholte.

Er fuhr nach Bondi. Cosgrove zog ihn an wie ein Magnet. Cosgrove wußte die Antworten auf seine Fragen. Seine neue Taktik, Cosgrove keine Vorwarnung zu geben, würde sich eines Tages vielleicht lohnen. Er starrte auf Slocombes Tür, während er wartete, daß Cosgrove öffnete. Wenn Cosgrove nicht da war, würde er warten. Er würde Stunden warten, wenn nötig, und Cosgrove überraschen.

Cosgrove öffnete mit einer Zigarre zwischen den Lippen. Unwillig zog er die Brauen zusammen, als er Richard sah.

»Wird allmählich ein bißchen viel, Kumpel, finden Sie nicht?«

»Ich dachte, wir wären Freunde«, versetzte Richard leichthin und ging an Cosgrove vorbei ins Wohnzimmer. Cosgrove ärgern, das war genau das, was er wollte.

Das beigefarbene Zimmer war rauchgeschwängert. Auf dem kleinen Schreibtisch häuften sich Papiere. Cosgrove hatte offensichtlich gearbeitet. Lässig trat Richard zum Schreibtisch; doch Cosgrove war vor ihm dort, schob hastig die Papiere zusammen und stopfte sie in eine Schublade, die er abschloß.

Richard fühlte sich frei und leicht ohne Hut.

»Na, was gibt's?« fragte er.

»Ich weiß nicht, was Sie meinen, Kumpel.«

»Wie wär's, wenn wir zusammen essen?«

»Ich hab' schon gegessen. Ich muß noch mal weg.«

»Geschäftlich?«

»Daß ich nicht lache! Am Samstagabend?« Cosgrove grinste. Er hatte seine gewohnte Art wiedergefunden. Er sah auf seine Uhr. »Drink?«

»Gern«, sagte Richard und setzte sich in den Sessel, in dem er immer saß.

Cosgrove schenkte die Whiskys ein und brachte Richard sein

Glas. Dann ließ er sich Richard gegenüber nieder und starrte ihn an. Richard zündete sich eine Zigarette an. Der Aschenbecher mit dem kleinen Tower von London war ausgeleert, aber nicht gespült.

»Ich hab' nicht viel Zeit, Kumpel. Wenn Sie also was auf dem Herzen haben, dann raus damit.«

»Ist mein Anteil noch da?« fragte Richard.

Sofort sah Cosgrove mißtrauisch aus.

»Jederzeit. Sie brauchen's nur zu sagen.« Er schnippte seine Asche auf den Boden. »Wollen Sie ihn jetzt haben?«

»Ich möchte nur wissen, daß er da ist. Das gibt mir so ein behagliches Gefühl.«

Cosgrove wurde aus Richards Unbekümmertheit nicht klug.

»Wenn man in Ihren Schuhen steckt, hat man doch gar keine Wahl. Und ich würde mich lieber bald entscheiden, Kumpel – ewig wartet das auch nicht – Sie verstehen, was ich meine?«

»Sie meinen, Sie werden dafür sorgen, daß der Mord an mir hängenbleibt.«

»Nicht, wenn Sie die Klappe halten, Kumpel. Aber wenn Sie Dummheiten machen, dann erleben Sie Ihr blaues Wunder.«

Richard lächelte. Er hielt die Augen auf Cosgrove gerichtet.

»Führen Sie vielleicht was im Schilde, Richie?«

Richard trank einen Schluck Whisky.

»Wenn das der Fall ist, alter Junge, dann haben Sie aufs falsche Pferd gesetzt. Das System ist absolut sicher. Vergessen Sie nicht, daß Sie nur ein lumpiger kleiner Angestellter sind, und denken Sie dran, wo Sie stehen – ein Wort von mir, und Sie sitzen lebenslänglich.«

Begann Cosgrove nervös zu werden? Immer wieder sah er auf seine Uhr. Richard leerte sein Glas.

»Das tut gut«, bemerkte er freundlich. »Ist von dem Zeug noch was da?«

»Wenn ich soweit bin«, versetzte Cosgrove, »und das ist dann der letzte. Ich hab' Ihnen schon gesagt, daß ich weg muß.«

»Wenn Sie noch ein Bad nehmen wollen, dann lassen Sie sich

von mir nicht stören«, sagte Richard. »Aber vielleicht wollten Sie gar keines nehmen?«

Cosgrove blickte eisig und schwieg. Er fixierte Richard, während er seinen Whisky trank. Dann stand er auf und nahm beide Gläser mit. Als er Richard das seine wiederbrachte, sagte er: »Nach dem können Sie sich auf die Socken machen, Sportsfreund. Sonst wundert sich Ihre bessere Hälfte noch, wo Sie bleiben.«

Richard spürte, wie der Zorn in ihm aufstieg. Cosgroves wegen war Laura gegangen. Er verbarg seinen Unmut hinter einem Lächeln.

»Haben Sie schon mal daran gedacht zu heiraten?« fragte er.

»Ist das Ihr Ernst?« Mit gespreizten Beinen, die Zigarre zwischen den Lippen, das Whiskyglas in der Hand, stand Cosgrove vor Richard. »Wozu heiraten, wenn sich die Weiber auch so hinlegen.«

Richard war angewidert.

»Wer weiß eigentlich alles von mir?« fragte Richard unvermittelt.

»Wie meinen Sie das?«

»Wer weiß, daß ich über die Organisation Bescheid weiß?«

»Mensch, Junge, woher soll ich das wissen? Merrett natürlich. Dem haben Sie's ja selbst gesagt.« Er zuckte die Achseln. »Sonst niemand. Merrett hängt's bestimmt nicht an die große Glocke. Was Sie wissen, ist nicht weltbewegend.«

»Tatsächlich?« Richards Lächeln wurde breiter. »Warum dann diese Anstrengungen, mir den Mund zu stopfen?«

»In Ihrem eigenen Interesse, Kumpel. Sie scheinen immer wieder zu vergessen, in was für einer Lage Sie sich befinden.« Cosgrove ließ seinen Zigarrenstummel in den Tower von London fallen und sah auf seine Uhr. »Abmarschbereit?«

»Bald«, antwortete Richard.

»Lieber bälder.«

Cosgrove ging zu der Tür, die, wie Richard wußte, ins Bad führte. Er ging hindurch und knallte die Tür zu. Richard sah auf seine Uhr. Zwanzig vor neun. Er zündete sich eine frische Zigarette an. Cosgrove wollte sich wohl frisch machen.

Das Telefon auf dem Schreibtisch läutete. Die Badezimmertür flog auf. Cosgrove rannte zum Apparat. Das feuchte Haar hing ihm ins Gesicht. In der Hand hielt er einen rosa Kamm. Er riß den Hörer von der Gabel, warf Richard einen abschätzenden Blick zu und wandte sich ab.

»Cosgrove«, meldete er sich. Dann sagte er leise: »Ja, Sie Idiot.« Seine Stimme, seine ganze Haltung drückten Vorsicht aus. Er drehte sich seitlich und schoß einen Blick auf Richard ab. Richard hielt sein Glas an die Lippen und blickte mit träumerischem Lächeln zur Decke hinauf. Gespannt.

»In Ordnung, habe ich gesagt«, knurrte Cosgrove. »Ich hab' gesagt, Sie sollen mich nicht anrufen.« Dann wieder, sehr heftig: »Ich hab' gesagt, in Ordnung.« Er blickte auf seine Uhr und fügte leise etwas hinzu, das Richard nicht verstand. Gleiche Zeit, gleicher Ort vielleicht?

Beinahe behutsam legte Cosgrove auf, lächelte Richard an und sagte: »Immer diese Geschäfte. – Noch einen Whisky, alter Junge?«

»Der hier tut's schon.« Richard war gelassen, während sein Hirn fieberhaft arbeitete.

»Freut mich, das zu hören.« Cosgrove kämmte sein Haar nach hinten und steckte den Kamm in seine Brusttasche. »Meiner Rechnung nach schulden Sie mir mindestens ein Dutzend Flaschen. Wird Zeit, daß ich mal wieder bei Ihnen reinschaue.«

Richard quittierte die Drohung mit einem Lächeln. Ihm fiel der Tag ein, an dem er Hale in der Nähe der Firma gesehen hatte. Hale war dortgewesen, um Cosgrove zu sprechen, wahrscheinlich auf gut Glück. Er hatte ihm vermutlich auflauern wollen, um ihn zur Rede zu stellen, weil ihn Forrests Einladung aufs Revier zitierte. Hale hatte ein Alibi, doch was war es wert? Es war kaum zuverlässig.

»Los, Sportsfreund, machen Sie's kurz«, sagte Cosgrove. Er lächelte, doch er hatte es offensichtlich eilig. Er stand ungeduldig auf halbem Weg zur Tür.

Richard stand auf und nahm seine Zigaretten.

»War nett«, sagte er. »Sehr unterhaltsam.« Mit einem Lächeln ging er zur Tür. Als er draußen im Foyer war, drehte er sich noch einmal um. »Danke für den Whisky. Tschüs.«

Cosgrove zwinkerte ihm zu und schloß die Tür.

Richard ging zu seinem Wagen. Cosgroves Auto stand weiter vorn. Er fuhr zur nächsten Ecke, bog nach rechts ab und fuhr in die Curlewis Street zurück. Er stieg aus und ging in die Straße, wo Cosgrove wohnte. Gegenüber vom Monterey wartete er. Die Beleuchtung war zu düster, um ihn zu verraten.

Er brauchte nicht lange zu warten. Cosgrove kam heraus, stieg ein, ließ den Motor an. Er stand in Richtung Hall Street und fuhr so weiter. Richard war so schnell, daß er schon hinter Cosgrove war, als dieser um die Ecke bog.

Er hielt sich in sicherem Abstand. Cosgrove fuhr in Richtung Innenstadt. Richard vermutete, daß eine Geldübergabe stattfinden würde. Cosgrove mußte gewiß viele Leute bezahlen, aber Richard hatte das Gefühl, daß es sich diesmal um Hale handelte. Dennoch machte er sich auf eine Enttäuschung gefaßt.

Cosgroves blauer Cortina bog nach links ab, und Richard schaffte die Kreuzung gerade noch, ehe die Ampel umschaltete. Cosgrove fuhr zum Haymarket. Er brauste die Harbor Street entlang und bog in die Little Hay Street ein. Richard hielt in der Harbor Street an. Er stieg aus und ging bis zur Ecke. Cosgrove marschierte auf und ab. Richard konnte seine Zigarre sehen. Plötzlich überquerte Cosgrove die Straße und eilte zu einer dunklen Ecke an einer Seitengasse. Ein Mann trat aus der Gasse zu ihm. Es war Hale. Richard drückte sich in eine Türnische. Die beiden Männer sprachen miteinander. Sonst war kein Mensch auf der Straße. Dies hier war nachts eine gottverlassene Gegend.

Cosgrove gab Hale etwas. Richard hatte den Eindruck, daß Hale drohte und Cosgrove ihn zu beschwichtigen versuchte. Natürlich war es eine Geldübergabe. Hale wurde für den schmutzigen Job bezahlt, den er erledigt hatte. Und Hale würde Cosgrove weiter bluten lassen. Richard huschte wieder um die Ecke, setzte sich in seinen Wagen und fuhr nach Hause.

Cosgrove mußte wütend und erbittert sein über diese Entwicklung der Dinge. Er hatte nicht erwartet, daß Hale zum Verhör vorgeladen werden würde. Er war gewiß wutentbrannt über die Erpressung. Lange würde er sich das nicht gefallen lassen.

16

Am Montagmorgen, als er erwachte, war sein Entschluß gefaßt. Er würde Forrest seine Theorie unterbreiten. Die Transaktion vom Samstagabend hatte im Laufe des einsamen, stillen Sonntags etwas Traumhaftes angenommen. Doch sie war eine Tatsache und mußte aufgedeckt werden. Forrest mußte ihn anhören, ihm wenigstens auf halbem Weg entgegenkommen.

Vom Büro aus rief er Forrest an.

»Ross hier. Kann ich Sie sobald wie möglich einmal sprechen? Heute noch?«

»Ja, Mr. Ross, Augenblick. – Wie wär's um zwei?«

»Gut, danke.«

Schon schien die Last leichter zu sein. Doch ehe er zu Forrest ging, mußte er noch etwas anderes tun. Er brauchte zwei Stunden, um den Mut aufzubringen. Voll Sehnsucht dachte er zurück an das lächelnde Selbstvertrauen vom Samstagabend. Montagmorgens war nie seine beste Zeit. Um Viertel nach elf ging er zu Cosgrove. Er marschierte, ohne anzuklopfen, in das Büro, um sich selbst keine Gelegenheit zu geben, anderen Sinnes zu werden. Cosgrove war allein und polierte gerade seine Fingernägel.

»Ich habe Sie am Samstagabend mit Hale gesehen«, sagte Richard.

Cosgroves verwundertes Lächeln kam ein wenig zu spät. Er hatte keine Ahnung, daß Richard überhaupt von Hale wußte. Diese Neuigkeit war ein Schock für ihn, doch schon bluffte er wieder.

»Sie sind wohl nicht ganz dicht?«

»Sie haben ihm etwas gegeben. Geld natürlich.«

Cosgrove fuhr auf. »Ich hab' allmählich die Nase voll von Ihrem Gerede, Kumpel.«

»Ich habe alles gesehen.«

Einen Moment lang starrte Cosgrove ihn wütend an, dann lächelte er.

»Wie soll der Bursche heißen?«

»James Hale.«

»Wer, zum Teufel, ist James Hale?« Er nahm sich eine Zigarre und biß das Ende ab.

Richard blieb stumm und fixierte Cosgrove.

Cosgrove steckte seine Zigarre an und erwiderte Richards Blick. Dann sagte er viel zu spöttisch: »Und wo soll dieses ganze Märchen sich abgespielt haben, Kumpel?«

Richard ließ sich nicht täuschen. Er wußte, daß Cosgrove beunruhigt war.

»In der Little Hay Street. An der Ecke zu einer Gasse.«

Cosgrove paffte an seiner Zigarre und maß ihn mit einem langen Blick. Schließlich sagte er: »Ich hab' mich am Samstagabend mit einem Mann getroffen. Und es paßt mir nicht, beschattet zu werden, Sportsfreund. Lassen Sie also den Quatsch! Denken Sie lieber dran, in was für einer Patsche Sie sitzen. Den Mann, den ich getroffen habe, kennen Sie gar nicht.«

»Es war Hale.«

»Sie sind ja übergeschnappt. Ich weiß gar nicht, wovon Sie reden. Diesen Hale kenn' ich überhaupt nicht.« Er lächelte. »Sie haben sich geirrt. Sie waren ganz schön angesäuselt, wenn ich mich recht erinnere. Und Ihre Nerven sind auch nicht die besten, wie?«

»Meine Nerven sind in Ordnung, und meine Augen auch.«

Cosgrove stand auf und ging zum Fenster. Dort blieb er stehen, Richard den Rücken zugewandt. Der Rauch seiner Zigarre stieg in dünnen Fäden zur Decke auf. Als er sich wieder umdrehte, lag ein versöhnliches Lächeln auf seinem Gesicht, und seine Stimme war beschwichtigend.

»Ich mag es nicht, wenn man mir nachspioniert, Junge. Aber da Sie's nun mal getan haben und weil Sie's sind, Richie – es war einer von unseren Leuten, so ein nervöser Typ wie Sie. Immer hat er's mit den dunklen Straßenecken.« Er trat zu Richard und drückte seinen Arm. »Okay, alter Freund?«

Richard entzog sich Cosgroves Berührung. Cosgrove log. Er zündete sich eine Zigarette an und starrte auf die Glut.

»Ich hab' gesagt, okay, alter Freund?«

Richard musterte Cosgrove. »Ich habe Hale schon mal gesehen. Auch Fotos von ihm. Der Mann war Hale.«

Mit einer übertriebenen Bewegung zuckte Cosgrove die Achseln und zog sich wieder hinter seinen Schreibtisch zurück.

»Das scheint mir eine fixe Idee von Ihnen zu sein.« Über den Schreibtisch hinweg lächelte er Richard an.

Richard sagte nichts.

»Passen Sie auf, ich werd's Ihnen beweisen«, sagte Cosgrove.

»Wie?«

»Sie werden schon sehen.«

»Wann?«

»Bald.« Grinsend setzte sich Cosgrove. »Okay?«

Richard ging zur Tür.

»Nicht zu fassen – von einem Naivling wie Ihnen hab' ich mich beschatten lassen!«

Richard blickte zu ihm zurück. Cosgrove grinste breit. Richard ging hinaus. Er wußte, daß Cosgrove es nicht beweisen konnte. Er witterte eine Falle. Cosgrove war allzu plötzlich allzu freundlich geworden.

Um zwei Uhr war er bei Forrest. Forrest begrüßte ihn kurz, ohne ein Lächeln, und vertiefte sich wieder in die Papiere, die vor ihm lagen. Angesichts Forrests ruhiger Autorität wurde Richard wieder unsicher, wie er seine Theorie vorbringen sollte. Er konnte nicht einfach damit herausplatzen; es mußte der rechte Moment sein. Das Gespräch mit Cosgrove hatte ihn entnervt. Cosgrove besaß seine eigene Autorität.

»Ja, Mr. Ross?« Forrest wartete ruhig, während er Richard ansah.

»Ich wollte fragen – haben Sie etwas herausgefunden?«

»Sie wollten mich sprechen. Ich hoffte, Sie hätten sich entschlossen, reinen Tisch zu machen.«

Richard wich aus. »Eines weiß ich mit Sicherheit – es war nichts Persönliches. Es hätte ebensogut ein anderer sein können. Aber ich war eben zufällig derjenige, der – der in diese Lage geraten ist.«

»Könnten Sie sich etwas klarer ausdrücken?« fragte Forrest.

Forrest würde es ihm nicht leichtmachen.

»Ich glaube nur nicht, daß es etwas Persönliches war.«

Geduldig sagte Forrest: »Was, glauben Sie, war nichts Persönliches?«

»Die Verschwörung gegen mich«, antwortete Richard. »Ich glaube, man mußte mich in diese Lage drängen, weil ich das schwache Glied in der Kette war.«

»In welcher Kette, Mr. Ross?«

Richard starrte auf seine verkrampften Hände. Er sprach wie zu sich selbst. »Ich war ihnen zu ehrlich. Sie konnten mir nicht trauen.«

»Sie?«

Richard zog eine Zigarette heraus, um das Schweigen zu überbrücken.

»Inwiefern konnten sie Ihnen nicht trauen?« fragte Forrest.

Richard zündete seine Zigarette an und brachte es nicht fertig, Forrests Blick zu begegnen.

Forrests Stimme war eisig. »Sie erheben Behauptungen gegen Leute, die Sie nicht beim Namen nennen wollen und reden von einer geheimnisvollen Verschwörung, die Sie sich ausgedacht haben.

Ich hatte gehofft, Sie wären gekommen, um mir die Wahrheit zu sagen, aber Sie sind so verbohrt wie zuvor.«

»Ich habe mir gar nichts ausgedacht«, entgegnete Richard.

»Dann reden Sie.«

Seine Theorie blieb ihm im Hals stecken. Forrests Gebaren an diesem Tag war nicht entgegenkommend.

»Später einmal«, sagte Richard. Wenn Porter und Slade mir helfen können, dachte er. »Jetzt würden Sie mir doch nicht glauben.«

Forrest musterte ihn einen Moment aufmerksam, als wollte er seine Gedanken lesen.

»Die Polizei ist besser geeignet, Ermittlungen zu führen, Mr. Ross. Wir verfügen über die Mittel und die Organisation. Sollten Sie etwas wissen, das Sie mir verheimlichen, dann rate ich Ihnen, sofort reinen Tisch zu machen. Versuchen Sie nicht, auf eigene Faust zu ermitteln. Das ist unsinnig und könnte gefährlich werden.«

Richard starrte auf die Asche an seiner Zigarette.

»Gefährlich für Sie«, fügte Forrest hinzu.

»Es geht um Leute«, sagte Richard, »die die richtigen Leute kennen.« Wie Merrett, dachte er, den er seit Jahren kannte und doch überhaupt nicht gekannt hatte.

Forrest schwieg so lange, daß Richard meinte, das Gespräch sei zu Ende. Doch überraschenderweise sagte Forrest: »Mr. Ross, ich glaube, daß Sie ein ehrlicher Mensch sind. Meine Aufgabe war es bisher festzustellen, ob Sie aufgehört haben, ehrlich zu sein.« Er machte eine Pause und fuhr dann fort: »Eines kann ich Ihnen sagen. Cosgroves stattlicher Freund war an dem fraglichen Abend tatsächlich in der Wohnung.«

Richard hielt den Atem an.

»Wir haben den Mann gefunden. Er ist bei einer der Firmen angestellt, mit denen Ihre Firma zu tun hat. Er war vor Ihnen bei Cosgrove. Er sagt, er sei gegen acht Uhr gegangen. Er heißt Alfred Sharp.«

»Dann war Cosgrove also gar nicht aus.«

»Kaum«, meinte Forrest und fügte trocken hinzu: »Vielleicht ist Cosgrove nicht immer ganz ehrlich.«

Die Neuigkeit war ein Gottesgeschenk. Sie untermauerte seine Theorie. Von Anfang an war ihm Cosgroves sekundengenaue Heimkehr vor seinem letztem Läuten an der Wohnungstür unwahrscheinlich vorgekommen. Cosgrove war also die ganze Zeit in seiner Wohnung gewesen und hatte nur auf sein Stichwort gewartet, um Richard einzulassen.

Er erklärte Forrest seine Theorie. Leicht und flüssig kamen ihm die Worte über die Lippen. Er ließ nur den Anlaß seines Besuches bei Cosgrove aus. Forrest hörte ihm stumm zu.

»Das war der Grund, weshalb ich Sie heute sprechen wollte«, sagte Richard.

Forrest stellte die Frage, auf die Richard wartete, nicht gleich.

»Es ist vorstellbar«, sagte er, »wenn auch reichlich ungewöhnlich. Aber Hale hat ein Alibi.«

Da berichtete Richard Forrest von den beiden Anrufen, die Cosgrove in seinem Büro erhalten hatte, und dann von dem Gespräch am Samstagabend in Cosgroves Wohnung. Er erzählte auch, wie er Cosgrove in die Stadt gefolgt war und das heimliche Zusammentreffen mit der Geldübergabe beobachtet hatte.

»Sind Sie sicher, daß der Mann Hale war?« fragte Forrest.

»Absolut.«

Forrests Miene zeigte Zweifel. »Und Sie sind sicher, daß es Bargeld war?«

»Ich befand mich auf der anderen Straßenseite, aber ich könnte schwören, daß es Geld war. Was hätte es denn sonst sein sollen?«

Endlich sah Richard einen Weg, der aus der Falle herausführte. Seine Hände zitterten.

»Mr. Ross«, sagte Forrest, »ich werde einfach nicht klug aus Ihnen. Auf der einen Seite stehen Ihre eigene Haltung, das Zeugnis Ihrer Arbeitskollegen und Ihrer Sekretärin, die loyale Weise, wie Ihre Frau Sie in Schutz genommen hat.« Er machte eine Pause. »Auf der anderen Seite aber haben Sie mir noch immer keine Erklärung dafür gegeben, weshalb Sie Cosgrove besuchten, weshalb Cosgrove es darauf anlegen sollte, Sie in ein schlechtes Licht zu bringen und weshalb er sich solche Umstände machen sollte, um das zu erreichen. Ihre Darlegung vom Ablauf der Dinge ist intelligent, aber Sie haben für Ihre Theorie keinerlei Beweise. Und auch Ihre neueste Beschuldigung, daß Cosgrove von Hale erpreßt wird und ihn bezahlt hat – auch sie ist völlig unbewiesen.«

Richard hatte das Gefühl, als hätte man ihm den Boden unter den Füßen weggezogen. Konnte Forrest das nicht nachprüfen?

»Ich hoffte, Sie könnten –« Er konnte nicht weiter.

»Sie besuchen Cosgrove immer noch?« sagte Forrest. »Einen Mann, den Sie verachten.«

Richard schwieg. Forrest blickte auf seine Notizen, dann sah er auf.

»Ihre Frau ist noch nicht wieder zu Hause?«

Richard nickte. Tränen traten ihm in die Augen. Die Gläser seiner Brille beschlugen sich. Er legte eine Hand über die Augen.

»Ich kann mir vorstellen, daß sie Ihnen fehlt.« Forrest war kein taktloser Mensch, er legte es darauf an, Richard aus der Reserve zu locken. Einen Augenblick später sagte er: »Gut, Mr. Ross, wir werden der Sache nachgehen. Es besteht ja immer noch die Chance, daß wir Hales Alibi widerlegen können.«

Richard seufzte. Forrest kam ihm doch auf halbem Weg entgegen.

Richard stand auf.

Forrest sprach noch einmal. »Wissen Sie, Mr. Ross, wir haben keinerlei schlüssige Beweise gegen Sie. Warum machen Sie nicht einfach das beste aus der Situation, machen einfach so weiter wie zuvor?«

Richard schüttelte den Kopf. Er nahm seinen Hut, verabschiedete sich und ging. Forrest wußte nur die Hälfte.

Eine Woche verstrich, in der sich nichts ereignete. Forrest meldete sich nicht, Porter auch nicht. Und auch von Laura hörte er nichts.

Forrest hatte gemeint, er sollte das Beste aus der Situation machen; aber Laura würde sich niemals mit einem Provisorium zufriedengeben. Und wenn Laura nicht zu ihm zurückkam, dann gab es kein bestes, das er aus der Situation machen konnte.

Zweimal in dieser Woche sah er Merrett; einmal im Gang, das anderemal, als er in den Lift einstieg. Beide Male vermied er es, ihn anzusehen. Miss Forsyth hatte sich verändert. Sie sprach mit ihm nur noch über geschäftliche Dinge. Vorbei war es mit ihren freundlichen Fragen nach seiner Gesundheit, mit den persönlichen Bemerkungen über das Wetter oder irgendeinen Krieg.

Er dachte viel über das Gespräch mit Forrest nach. Er verstand nicht, weshalb Forrest die Ereignisse in der Mordnacht nicht isoliert sehen konnte. Warum konnte er nicht einfach davon ausgehen, daß Hale der Täter war und dann darauf aufbauen. Der Beweggrund für Richards Besuch bei Cosgrove war doch eine separate Sache. Doch Richard wußte, daß seine Argumentierung dünn war; sein Besuch bei Cosgrove hatte die Ereignisse ja ausgelöst.

Forrest wußte oder spürte, daß Richard den Schlüssel zur Lösung des Rätsels in der Hand hielt. Forrest besaß Einfühlungsvermögen und war beängstigend gründlich. Am Montag hatte Richard gesagt, es ginge darum, die richtigen Leute zu kennen. Forrest war ihm weit voraus. Von Anfang an versuchte er zu klären, warum Richard einem Mann einen Freundschaftsbesuch abstattete, den er nicht ausstehen konnte. Das war für ihn die Kernfrage.

So wie die Situation sich darstellte, ausweglos, schien Richard wirklich nichts anderes übrigzubleiben, als das beste daraus zu machen. Seine einzige Hoffnung auf lange Sicht waren Porter und Slade.

Aber es blieb vielleicht noch ein anderer Ausweg: Cosgrove selbst. Cosgrove mied ihn. Ein paarmal in dieser Woche war er Richard ganz offensichtlich ausgewichen. Richard erriet, daß Cosgrove etwas ausheckte. Die Tatsache, daß er bei dem Rendezvous mit Hale beobachtet worden war, hatte ihn beunruhigt. Richard mußte eine Lektion erhalten. Es würde etwas Direktes sein, erschreckender als der Überfall des Lieferwagenfahrers. Richard spürte förmlich, wie Cosgrove plante.

Am Donnerstagabend rief Sally Cavanagh an.

»Richard, ist Laura krank?«

»Ach du lieber Gott, Sally, ich habe ganz vergessen, ihr auszurichten, daß du angerufen hast. Entschuldige vielmals!«

»Ist sie jetzt da?«

»Sie hat sich hingelegt, weil sie Kopfschmerzen hat. Ich möchte sie nicht gern stören.«

»Oh – nein, natürlich nicht. Vielleicht kann sie mich morgen anrufen?«

»Ich vergesse es bestimmt nicht.«

Er hatte seit jenem Abend vor einer Woche nicht mehr mit Laura gesprochen. Jetzt war er froh, eine Entschuldigung zu haben, um sie anrufen zu können. Laura selbst meldete sich.

Richard berichtete ihr von Sallys Anruf, und Laura sagte, sie würde zurückrufen. Dann fragte sie, »Gibt es etwas Neues?«

»Bald, Liebling. Allmählich kommt Licht in die Sache.«

»Hast du Mr. Forrest deine Theorie erklärt?«

»Ja.«

»Was hat er gesagt?«

»Es wäre vorstellbar. Er will der Sache nachgehen. Er hat auch gesagt, daß gegen mich keine echten Beweise vorliegen.« Als Laura stumm blieb, sagte er in panischer Angst: »Leg nicht auf, Liebling.«

»Ich bin noch da.«

»Wann sehe ich dich?«

»Das weißt du.«

»Bitte komm zurück, Laura.«

»Triffst du diesen Menschen immer noch?«

»Er ist doch beteiligt.«

»Du gibst also immer noch klein bei.«

Zorn stieg in Richard auf über die Ungerechtigkeit.

»Du verstehst das nicht. Ich muß vorsichtig sein.«

»Ich verstehe sehr wohl«, erwiderte Laura kalt. »Ich habe unseren Bekannten nichts davon gesagt, daß ich weggegangen bin«, fügte sie hinzu, »weil ich hoffte, es würde sich nur um zwei oder drei Tage handeln.«

»Ach so.«

»Aber wenn es länger –«

»Ich finde, das liegt nur an dir, Laura.«

»Es liegt an dir.«

»Du bist gegangen. Du kannst die Erklärungen geben. Warum wartest du noch? Sag's ihnen ruhig, sag's allen. Vielleicht finden Sie wie du, daß Loyalität –«

Laura legte auf.

Richard hätte weinen können. Alles schien sinnlos. Laura kannte Mitleid nicht. Sie würdigte seine Integrität nicht. Sie war nicht bereit, Julies Tod zu vergessen; das war der Drehpunkt für Laura.

Er setzte sich ins Wohnzimmer und schenkte sich einen Whisky ein und starrte ins Leere.

17

Am folgenden Montag, einem kalten, regnerischen Tag, rief ihn Cosgrove an. Es war kurz nach 5. Cosgroves Stimme klang freundlich.

»Hören Sie, Richie, nur um die Dinge ins reine zu bringen – der Mann von neulich bekommt heute abend wieder seine Rate, am selben Ort zur selben Zeit. Wie wär's, wenn Sie hinfahren? Dann können Sie sich den Burschen selbst anschauen und sehen, daß Sie sich getäuscht haben.«

Das war's. Cosgrove hatte seinen Plan gefaßt.

»Derselbe Mann?« fragte Richard, um Zeit zu gewinnen.

Wenn er sich auf den Vorschlag einließ, würde er Geld bei sich tragen müssen. Die Falle konnte im Besitz des Geldes liegen. Doch er konnte die Gelegenheit nicht vorbeigehen lassen.

»Ja«, antwortete Cosgrove mit einem Lachen. »Derselbe, den Sie mit einem Mann verwechselt haben, von dem ich noch nie gehört habe.«

»Hale.«

»Das haben *Sie* gesagt, alter Freund.«

»Gut, sagen wir, ich hätte mich getäuscht. Aber woher weiß ich, daß es derselbe Mann ist. Ich habe nur –«

»Das sehen Sie doch, wenn Sie hinkommen.« Cosgrove schien sich seiner Sache sehr sicher.

»Ein bißchen bald, nicht? Wie oft zahlen Sie denn diese – Raten?«

»Jede Dienstleistung wird prompt bezahlt. Was stellen Sie sich so an? Ich sage Ihnen, es ist derselbe Mann. Wenn er's nicht sein sollte – wenn Sie nicht klar sehen können – dann zeigen Sie sich einfach nicht, okay?«

»Am selben Ort?«

»Am selben Ort, Punkt halb zehn. Ich komme gleich rüber zu Ihnen, Kumpel.« Er legte auf.

Richard holte Hut, Regenmantel und Schirm aus seinem Schrank und wartete.

Mit breitem Grinsen segelte Cosgrove herein.

»So, das wär' das, alter Freund.« Er reichte Richard einen dicken Umschlag. »Halb zehn. Mittelgroß, stämmig, dunkelblaue Baskenmütze, brauner Regenmantel, Schnurrbart, ungefähr fünfzig.« Er ging zur Tür und lächelte. »Damit wär's erledigt, Kumpel. Bis bald.« Er ging hinaus.

Richard starrte auf den Umschlag, auf dem sich jetzt seine Fingerabdrücke befanden. Er war voller düsterer Ahnungen. Die Beschreibung, die so gar nicht auf Hale paßte, zeigte ihm, wie sehr Cosgrove ihn verachtete. Er hatte körperliche Angst vor der Verabredung. Er vermutete, daß er überfallen werden würde. Nicht von Cosgrove selbst. Doch Richard hatte ihn dabei beobachtet, wie er Hale bezahlt hatte. Richard mußte zum Schweigen gebracht werden.

Er fuhr nach Hause. Er hatte keine Ahnung, wie er sich verhalten sollte. Vielleicht sollte er Forrest anrufen. Doch er wartete einfach weiter. Er schaltete den Fernsehapparat ein, doch er war viel zu nervös, um sich auf die Vorgänge auf dem Bildschirm zu konzentrieren.

Um halb neun ging er aus dem Haus und fuhr auf Umwegen langsam zur Stadt. Er argwöhnte, daß er verfolgt würde, und blickte immer wieder in den Rückspiegel. Doch niemand schien ihm auf den Fersen zu sein. Es regnete unablässig. Einen Block von der Harbour Street entfernt ließ er seinen Wagen stehen. Langsam ging er zu Fuß die Harbour Street entlang zur Little Hay Street. Ehe er sie erreichte, sah er auf die Uhr. Kurz vor neun. Vorsichtig bog er in die Little Hay Street ein. Nichts als Düsternis und Pfützen.

Eine schreckliche halbe Stunde lang wartete er versteckt, immer noch unschlüssig, ob er bleiben oder wieder gehen sollte. Er drückte eine Hand auf den prallvollen Umschlag in seiner linken Manteltasche. Es fror ihn an dem Kopf. Cosgrove kannte seinen Hut, deshalb hatte Richard ihn im Wagen gelassen. Immer wieder mußte er die Gläser seiner Brille trockenwischen.

Er stand an der Ecke, schräg gegenüber von der Stelle, wo Cosgrove sich mit Hale getroffen hatte. Als endlich der blaue Cortina auftauchte und anhielt, drückte er sich in eine Türnische. Ein paar Minuten lang geschah gar nichts. Dann stieg auf der Mitfahrerseite ein Mann aus dem Cortina. Es war nicht Cosgrove. Cosgrove saß wahrscheinlich am Steuer. Richard sah, daß der Mann eine Baskenmütze und einen braunen Regenmantel trug. Im Schatten der Häuser huschte der Mann durch die Pfützen. Etwas stimmte nicht an ihm. Er wirkte nicht wie jemand, der auf sein Geld wartet, sondern glich einem Täter, der gespannt wartete, sein Opfer dann plötzlich zu überraschen.

Richard schlich sich davon. Als er meinte, in Sicherheit zu sein, eilte er in die Sussex Street. Er ging ins erste Gasthaus, das er sah. Erst in der Wärme wurde ihm bewußt, wie durchgefroren er war. Er trank einen Whisky und dann noch einen. In seinem Hirn überstürzten sich die Gedanken und kehrten immer wieder zum selben Punkt zurück – zu seinem Haß auf Cosgrove. Er glaubte nicht, daß man vorgehabt hatte, ihn zu töten. Cosgrove meinte sicher, eine gründliche Tracht Prügel würde einen Schwächling wie Richard genug einschüchtern. Vielleicht würde er jetzt, wo Richard ihn überlistet hatte, andere Saiten aufziehen. Vielleicht – Richard erkannte plötzlich, daß er möglicherweise das Blättchen gegen sich gewendet hatte. Wenn Cosgrove sah, daß er ein stärkerer Gegner war, als angenommen, würde er Richard in seiner Wut vielleicht den Mord anhängen.

Richard trank einen dritten Whisky. Dann ging er durch den strömenden Regen zu seinem Wagen. Er steckte den Umschlag mit dem Geld in seine Jackentasche und warf den Regenmantel zu seinem Hut auf den Rücksitz.

Eine Weile fuhr er ziellos umher, verlor jedes Zeitgefühl. Nur eines erfüllte ihn: Haß gegen Cosgrove. Er spürte noch die Wirkung des Whiskys und war froh darüber. Er fuhr in Richtung Bondi. Vielleicht war Cosgrove inzwischen zu Hause. Wenn nicht, würde er warten. Er ließ seinen Wagen in einer Parallelstraße stehen und ging zu Fuß zu Cosgroves Wohnung. Da war der blaue Cortina. Richard betrat das Foyer. Er nahm seine Brille ab, legte sie ins Etui und steckte es ein. Dann klingelte er.

Cosgrove öffnete und fuhr ihn wütend an: »Was soll das, Ross?«

Richard versetzte Cosgrove mit der Faust einen Schlag gegen die Brust und stieß den Überraschten nach drinnen. Dann schlug er mit dem Fuß die Tür zu. Er war Cosgrove an Körpergröße überlegen, er hatte kräftige Arme und Hände. Cosgrove war außer sich vor Angst und Schreck. Er drückte sich an die Wand und hob einen Arm, um sein Gesicht zu schützen. Richard brauchte sich nur vor ihm aufzupflanzen.

»Sie kriegen mehr, Kumpel«, winselte Cosgrove. »Es ist schon ausgemacht –«

Mit der linken Hand drückte Richard Cosgrove an die Wand, während er mit der Rechten Cosgrove in den Bauch boxte. Cosgrove hätte sich vor Schmerz gekrümmt, wenn Richard ihn nicht aufrechtgehalten hätte.

»Ich will Ihr dreckiges Geld nicht. Ich möchte meinen guten Namen wieder.« Er schlug Cosgrove ins Gesicht. »Ich werde mich aus dieser ganzen stinkenden Schweinerei befreien.«

»Klar, Kumpel, klar«, sagte Cosgrove.

»Sie haben den Einbruch nur inszeniert, um mir den Verdacht anzuhängen, stimmt's? Sie werden Forrest genau erklären, wie Sie es gemacht haben.«

»Klar, Kumpel, klar. – Richie, warum reden wir nicht miteinander? Ich meine – was Sie wollen, Kumpel.« Er wich bis zur Wand nach hinten.

Richard lockerte seine Umklammerung und trat einen Schritt zurück. Dann drehte er sich um, angewidert von Cosgroves Feigheit. Augenblicklich sprang ihn Cosgrove an. Er landete einen Schlag an Richards rechter Schläfe.

»Dreckshund!« keuchte er.

Richard sprang zur Seite. Er spürte keinen Schmerz. Er drehte sich wieder nach Cosgrove um. Cosgrove suchte verzweifelt nach einer Waffe, während er gleichzeitig bemüht war, Richards Schlägen auszuweichen. Richard packte seinen linken Arm und wirbelte ihn herum. Cosgrove verlor das Gleichgewicht. Richard packte ihn fest mit beiden Händen und schüttelte ihn wie einen Sack Lumpen. Wieder lähmte die Angst Cosgrove. Richard zerrte ihn zum Sofa und versetzte ihm einen Stoß, so daß er auf den Diwan fiel. Cosgrove blieb liegen. Richard drückte ihm ein Knie in den Magen und hielt ihn mit beiden Händen. Dann schlug er Cosgrove wieder ins Gesicht.

»Sie haben Hale gedungen, weil man ihn mit mir verwechseln

sollte. Stimmt das?«

Cosgrove nickte, einen Ausdruck des Flehens in den Augen.

Richard drückte Cosgrove sein Knie in den Magen, bis dieser sich wand.

»Es hat gar kein Einbruch stattgefunden, oder?« Nochmals schlug er Cosgrove ins Gesicht. »Sie waren die ganze Zeit hier. Ihr Freund Alfred Sharp ging gegen acht.« Cosgroves Augen tränten. »Sie haben mir damals den Mann mit dem Lieferwagen nachgeschickt. Ich sollte denken, Slocombe habe mich überfallen.«

Er drehte Cosgrove den linken Arm um, bis dieser schrie.

»Und als die Sache schiefging und der Junge getötet wurde, machten Sie sich das zur Trumpfkarte.«

Er überschüttete Cosgrove mit einem Hagel von Schlägen. Cosgroves Augen waren geschlossen. Er protestierte nicht mehr.

Doch Richard war noch nicht fertig. In diesem Moment sah er die ganze Ungeheuerlichkeit dessen, was dieser Schwindler ihm angetan hatte. Er verlor die Beherrschung, wußte, daß er sie verloren hatte, beobachtete sich selbst.

Ein Schlag. »Das ist für Slocombes Sohn.«

Noch ein Schlag. »Das ist für meine Frau.«

Wieder einer. »Das ist für Shipton.«

Und wieder. »Das ist für alle ehrlichen Menschen, die Sie betrogen haben.«

Cosgrove rührte sich nicht mehr. Voll Verachtung starrte Richard auf den leblosen, schwabbeligen Körper und das ramponierte Gesicht. Dann zog er den Umschlag aus seiner Tasche und leerte ihn über Cosgrove aus. Schmutziges Geld. Er zerknüllte den Umschlag und steckte ihn wieder ein.

Das bleiche Fischgesicht war verschwollen. Offensichtlich war der Kabeljau tot. Richard verspürte kein Bedauern, kein Mitleid. Fingerabdrücke waren nicht entstanden. Er hatte nichts berührt, außer Cosgrove. Er fühlte sich von Kopf bis Fuß beschmutzt. Nicht einmal geschrien hat Cosgrove. Selbst dazu war er zu feige gewesen.

Mit seinem Taschentuch öffnete Richard die Wohnungstür und ging hinaus. Er fühlte sich völlig ausgelaugt. Er hatte das Gefühl, tot zu sein wie Cosgrove, doch er war am Leben. Er hatte noch eine Menge Leben vor sich. Leben, das weiterhin mit Beteuerungen, Leugnen und ausweichenden Antworten angefüllt sein würde, da er ja nun den Beweis seiner Unschuld getötet hatte.

Er fuhr heim ins leere Haus. Unterwegs schleuderte er den zusammengeknüllten Umschlag aus dem Fenster. Nachdem er den Wagen untergestellt hatte, ging er ins Badezimmer. Mit einer Bürste schrubbte er sich Cosgroves Schmutz von den Händen. Über seiner rechten Augenbraue bildete sich eine Schwellung. Er wünschte, Laura wäre da, und war dann froh, daß sie nicht da war. Er ging ins Wohnzimmer und knipste das Licht an.

»Hallo, Richard«, sagte Laura.

Er stand wie erstarrt da. Sie saß in einem Sessel, eine Zigarette in der Hand. »Ich wollte dich sehen.« Ihr Blick fiel auf die Schwellung in seinem Gesicht. »Wieder Halbstarke? Nein, lüge mich nicht an! Ich wollte dich sehen.«

Richard lächelte. »Im Dunklen?« Er bemühte sich, leichthin zu sprechen, um seine Freude und seine Erleichterung zu verbergen, aber auch die Reaktion auf die allerjüngsten Ereignisse, die jetzt einzusetzen begann.

Laura lächelte. »Trink einen Whisky. Du siehst aus, als könntest du einen gebrauchen.«

»Für dich auch?«

Sie schüttelte den Kopf. Während er sich einschenkte, sagte sie: »Ein Mann namens Slade hat sich mit mir in Verbindung gesetzt. Ich weiß nicht genau, wie. Ein Buchhalter, du kennst ihn. Wir haben uns unterhalten. Er sagt, du wärst in dieser ganzen Sache nur das Opfer.«

Richard setzte sich ihr gegenüber. Er war total erschöpft. Jeder Muskel schmerzte. Am liebsten wäre er auf der Stelle zu Bett gegangen.

»Er nannte es ein dichtgewobenes Netz«, bemerkte Laura lächelnd. »Trotzdem war er überzeugend.«

Aber ich war es nicht, dachte Richard bitter. Laut sagte er: »Slade hat recht. Ich würde dir gern noch einmal meine Version erklären.«

»Ich möchte sie nicht hören, Liebling. Jetzt nicht mehr. Ich bin sicher, du hast in allem recht. Ich möchte nur zurückkommen. Darf ich? Ich habe meine Sachen mitgebracht. Ich habe schon ausgepackt.«

Von Slade hatte sie es sich angehört; von ihm wollte sie es nicht hören. War ihr denn Richards Geschichte nicht wichtiger?

»Darf ich zurückkommen, Richard?«

Richard schwieg und starrte in sein leeres Glas. Sie würde zu einem Mörder zurückkommen, zu einem wirklichen Mörder.

Laura hielt sein Schweigen für Gekränktheit. »Liebling, bitte – trage es mir nicht nach. Ich möchte dir helfen. Jetzt ist doch alles vorbei. Ich möchte es wiedergutmachen.«

Sie stand auf und nahm sein Glas. Richard wollte sie berühren, doch die Anstrengung war zu groß. Er nieste.

Sie brachte ihm einen frischen Drink und setzte sich wieder.

»Wo warst du, Liebling? Du hast doch nicht gearbeitet?«

Richard nieste wieder. Sein Kopf schmerzte. Nein, im Büro holte man sich keine blauen Flecken. Müde all der Lügen suchte er nach einer Ausrede.

»Ich war noch bei den Cavanaghs«, sagte er. Und das war noch lächerlicher.

»Du warst einsam«, sagte Laura.

»Ja.« Ob auch sie es war? »Hast du Sally angerufen?« fragte er.

»Ja, sie weiß es jetzt. Sie wissen es alle. Ich glaube, sie finden mich alle schrecklich. Sie werden glauben, ich hätte dich verlassen.«

Er fragte sich, wie Laura es formuliert hatte.

»Du bist wieder da, das ist das einzig wichtige.«

Er nieste dreimal hintereinander.

»Geh lieber gleich zu Bett«, sagte Laura auf ihre praktische Art.

18

Er erwachte mit einem unbestimmten Gefühl der Angst. Dann nieste er, und alles fiel ihm wieder ein, und die Angst nahm konkrete Gestalt an. Er stieg aus dem Bett. In der Küche konnte er Laura hören. Der Gedanke an den Tag, der vor ihm lag, erfüllte ihn mit Entsetzen.

Er wäre gern allein gewesen. Lauras Aufmerksamkeiten beim Frühstück gingen ihm auf die Nerven. Er war froh wegzukommen. Es war seine Schuld, nicht ihre. Sein Regenmantel und sein Hut lagen noch im Wagen. Er fühlte sich schwach und unwohl von der Erkältung und aus Angst.

Im Büro war alles wie immer. Es schien unglaublich. Er hatte halb damit gerechnet, daß eine Truppe Polizeibeamter ihn erwarten würde. Erst im Laufe des Vormittags rief Holroyd von der Überseeabteilung an, um Richard zu fragen, ob er Cosgrove gesehen habe.

»Nein«, antwortete Richard.

»Scheint verschwunden zu sein«, sagte Holroyd mit einem Lachen, das ominös klang.

Das war der Anfang, dachte Richard. Wenig später kam Miss Forsyth herein.

»Mr. Cosgrove scheint verschwunden zu sein, Mr. Ross.«

»Vielleicht ist er auf Reisen.«

»Nein, er hatte jedenfalls nichts geplant. Bei ihm zu Hause meldet sich auch niemand. Kein Mensch weiß, wo er ist.«

»Er wird schon wieder auftauchen.«

»Hoffentlich«, sagte Miss Forsyth und kehrte in ihr eigenes Büro zurück.

Dann hatte Richard das Gefühl, daß hinter seinem Rücken getuschelt wurde, daß man Erkundigungen einzog, von denen er nichts erfuhr. Man ließ ihn im Ungewissen. Weil man ihn für schuldig hielt an Cosgroves Verschwinden? Vielleicht hatte man Cosgrove schon gefunden und sammelte jetzt Material gegen ihn. Heute war

Dienstag, der 20. Juni. Auf den Tag genau fünf Wochen.

Nach dem Mittagessen hatte er gerade seinen Hut weggelegt, als es kurz klopfte und Forrest hereinkam. Richards Lächeln erlosch beim Anblick von Forrests Miene.

»Nehmen Sie Platz, Mr. Ross!«

Forrest wartete, bis Richard seiner Aufforderung nachgekommen war, dann setzte er sich ihm gegenüber. Die Augen in dem harten Gesicht blickten hart.

»Cosgrove ist heute morgen als vermißt gemeldet worden.«

»Ich hörte es schon. Aber vermißt – kann er nicht verreist sein?«

»Wir waren in seiner Wohnung. Er ist dort überfallen worden. Vermutlich gestern abend.«

Richard nahm sich eine Zigarette und zündete sie an.

»Wie bei dem Einbruch, keine Fingerabdrücke«, fuhr Forrest fort. »Es hat eine Prügelei gegeben. Cosgrove war entsetzlich zugerichtet.« Er schwieg einen Moment. »Ich sehe, Sie haben auch einen Bluterguß, Mr. Ross.«

Richard sagte nichts. Er nieste.

»Wo waren Sie gestern abend, Mr. Ross?«

Richard war vorbereitet.

»Ich fühlte mich ziemlich einsam. Ich kann es zu Hause kaum aushalten, wenn meine Frau nicht da ist. Ich bin mit der Fähre nach Manly gefahren. Nur so.«

»Bei dem Regenwetter?«

Richard zuckte die Achseln. »Das Wetter habe ich gar nicht bemerkt.«

Forrest sah ihn einen Moment an, dann sagte er: »Und das kann natürlich niemand bestätigen?«

»Ich habe eine Erkältung. Ist das keine Bestätigung?«

»Mit anderen Worten, Sie waren allein?«

»Ja«, antwortete Richard.

»Und der Bluterguß? Wie haben Sie sich den geholt?«

»Das weiß ich selbst nicht genau. Ich glaube, als ich von der Fähre kam – ein Regenschirm.«

Er wußte, daß Forrest ihm nicht glaubte.

»In die Wohnung wurde nicht gewaltsam eingedrungen«, sagte Forrest. »Cosgrove scheint den Täter selbst eingelassen zu haben.«

Richard schwieg.

»Wir wissen jetzt, daß Cosgrove ein recht durchtriebenes Spiel gespielt hat. Er hat die Leute gegeneinander ausgespielt, zweifellos gegen Bezahlung – er hat also Feinde. Wir vermuten, daß da etwas Größeres dahintersteckt, schmutzige Geschäfte, in die er verwikkelt ist. Wenn man andere Leute manipuliert, kann das gefährlich werden.« Er machte eine Pause. Seine Augen waren so wachsam wie immer. »Sein Tod wäre verständlich.«

Richard schneuzte sich und dachte, wie schade es sei, daß sie Cosgrove so spät auf die Schliche gekommen waren.

»Sie kennen ihn seit Jahren, Mr. Ross.«

»Ja.«

»Ein Freund von Ihnen?«

»Nein. Ich kannte ihn nur durch die Arbeit.«

»Aber Sie machten ihm einen Freundschaftsbesuch. Das war vor genau fünf Wochen.«

Und wieder ging es los – die gleichen Fragen von Forrest, die gleichen Antworten von Richard. Immer wieder. Den ganzen Nachmittag ging es so. Forrest sagte nichts mehr von dem Überfall auf Cosgrove. Er schien statt dessen zu versuchen, Richards Motiv dafür aufzudecken.

Richard war mehr tot als lebendig, als er nach Hause kam. Forrest wußte, daß er Cosgrove getötet hatte. Bald schon würde man ihn unter Anklage stellen. Endlich, und mit Berechtigung.

Laura kam ihm an der Tür entgegen. Sie hatte den Wagen gehört und schien es nicht erwarten zu können, ihn zu sehen.

»Es ist schlimmer geworden, nicht wahr?« sagte sie. »Bleib morgen lieber im Bett. Ich hole den Arzt.«

Richard schüttelte lächelnd den Kopf.

Sie holte ihm einen Drink. Er fühlte sich von ihrer Liebe und ihrem Vertrauen umhegt. Sie sah wunderschön aus in einem langen, fließenden Kleid aus kakaobrauner Seide, das schöne Haar war nicht so streng frisiert wie sonst. Er sah die offene Tür zum Eßzimmer, den gedeckten Tisch, die Blumen, die Kerzen. Es war zu spät, oder nicht? Er hatte das beklemmende Gefühl, daß Laura ihm jetzt weniger bedeutete.

Er brachte nicht viel hinunter beim Essen. Sie sprachen wenig, nur über seine Erkältung und die Cavanaghs, bei denen sie am Samstag zum Essen eingeladen waren. Nachdem Laura den Kaffee ins Wohnzimmer gebracht hatte, saßen sie eine Weile schweigend da. Er wußte, daß er hätte zu Bett gehen sollen. Er fühlte sich schlecht, und er sehnte sich danach, zu Bett zu gehen. Doch er widerstand. Er wollte diese Stille und diesen Frieden genießen, weil er bald ohne das würde leben müssen. Er haßte Cosgrove noch mehr, weil Cosgrove ihm nun doch einen Mord angehängt hatte.

»Dieser gräßliche Mensch«, sagte Laura. »Er ist wahrscheinlich ermordet worden.«

Der gleiche Gedanke in ihren Herzen. Richard sah sie an.

»Es kam in den Nachrichten. Es hieß, weitere Meldungen gäbe es nicht, da man vermutete, er sei schon tot gewesen, als er gefunden wurde. – Ich habe ihn gehaßt.« Sie sah Richard mit einem kleinen, traurigen Lächeln an. »Er war widerwärtig in jeder Beziehung.«

»Ja.«

»Wer es auch getan hat, er hatte das Recht, es zu tun.« Sie blickte ihn an. Ihre Augen schimmerten weich. »Er muß einen guten Grund gehabt haben.«

Laura wußte alles. Richard war sich dessen plötzlich sicher.

Sie sagte: »Die Cavanaghs haben dich seit dem Abend bei den Allens nicht mehr gesehen.«

Richard lehnte sich in seinem Sessel zurück und wandte den Kopf ab. Laura sagte ihm, daß er an dem Abend, an dem Cosgrove getötet wurde, gelogen hatte. Sie hatte es da schon gewußt; er hatte nie überzeugend gelogen, und das war die dümmste aller Lügen gewesen.

»Der Mörder hatte alle Berechtigung«, sagte Laura.

Er wünschte, sie würde nicht Mörder sagen. Cosgroves Tod war eine Hinrichtung gewesen. Er wünschte, sie würde nicht ständig davon sprechen. Wollte sie denn, daß er das sagte? Wollte Laura ihm wirklich wohl? Er drehte den Kopf, um sie anzusehen, und begegnete ihrem Lächeln. Sie wirkte heiter und gelassen, doch war an ihrem Lächeln, lag in ihren Worten nicht etwas Zweideutiges? Er hatte alles Vertrauen verloren. Er traute keinem mehr. Nichts war mehr so, wie es zu sein schien. Selbst die Wirklichkeit dieses Moments mit Laura war unsicher. Seine Welt war aus den Fugen geraten.

Forrest rief am nächsten Morgen vor acht Uhr an. Sie hatten sich gerade zum Frühstück gesetzt. Richard sollte so bald wie möglich aufs Revier kommen. Es war keine Bitte. Richard trank nur rasch im Stehen eine Tasse Tee. Laura stellte ihm keine Fragen. Sie küßte ihn, drückte ihn einen Moment an sich und wünschte ihm gute Besserung für die Erkältung.

Forrest sah nicht so streng aus wie sonst.

»Mr. Ross, wir versuchen immer noch festzustellen, wer Cosgrove überfallen hat.«

»Hale hat ihn erpreßt.« Es rutschte ihm einfach heraus.

»Das sagten Sie schon früher. Und Sie glauben, Cosgrove weigerte sich zu zahlen?«

»Nein, er hätte immer weiter gezahlt. Und nur dafür kann er gezahlt haben, daß Hale den Mund darüber hielt, daß Cosgrove mir an jenem Abend eine Falle stellte.«

»Warum soll er Ihnen eine Falle gestellt haben, Mr. Ross?«

Sollte er Forrest jetzt alles erklären? Richard seufzte.

»Kommen wir auf die angebliche Erpressung zurück«, sagte Forrest. »Sie behaupten, Hale hätte Slocombes Sohn getötet. Wenn das stimmt, dann hatte auch Cosgrove Hale in der Hand. Weshalb hätte er dann Hale zahlen sollen?«

»Weil Cosgrove mehr zu verlieren hatte, wenn alles herausgekommen wäre. Hale hätte bis in alle Ewigkeit leugnen können, daß er am Tatort war. Er hat ja ein Alibi.«

»Das hält nicht mehr stand. Die Frau hat sich's anders überlegt.«

»Ich verstehe«, sagte Richard und unterdrückte den Sarkasmus in seiner Stimme nicht. Dann fügte er hinzu: »Wenn Hale geredet hätte, dann wäre für Cosgrove alles aus gewesen. Ich glaube, es war so – Cosgrove lotste Hale in seine Wohnung, um ihm zu drohen.«

Forrest blickte ihn forschend an.

»Und Sie glauben, im darauf folgenden Streit könnte Hale Cosgrove getötet haben?«

Richard nickte.

»Warum? Geld oder Leben?«

Richard ignorierte Forrests Ironie.

»Ich bin ganz sicher, daß es so war. Es ist logisch.« Und gerecht, dachte er, wenn der Mörder Hale für einen anderen Mord lebenslänglich bekommt.

»Ich sollte Sie darauf aufmerksam machen, Mr. Ross, daß das falsche Alibi von Hale nichts weiter beweist, als daß er und die Frau gelogen haben. Es beweist nicht, daß er am Tatort war.«

»Aber er hatte das Alibi doch schon parat«, versetzte Richard hartnäckig.

Forrest sagte nachdenklich: »Es sieht Hale nicht ähnlich, einen Haufen Geld zurückzulassen.«

Die schmutzigen Scheine hatte Richard vergessen.

»Geld?« echote er mit gespielter Überraschung.

»Fünfhundert Dollar, die wie ein Haufen Abfall über Cosgrove ausgeschüttet waren.«

Forrest wartete auf Richards Kommentar.

»Man weiß doch nie, wie jemand sich unter Streß benimmt, nicht wahr?« meinte Richard.

»Es sieht Hale nicht ähnlich, und Hale war es auch nicht. Wir haben Hale überwacht. Er war Montagabend in Dural.«

Die Hoffnung in Richard erstarb. Er schneuzte sich und sagte mit großer Mühe, »Dural ist nicht weit.«

»Weit genug.« Forrest schob die Papiere, die vor ihm lagen, zusammen, als wäre auch für ihn alles vorüber. »Ich danke Ihnen, daß Sie so prompt gekommen sind, Mr. Ross. Wir gehen den Fragen, die Sie aufgeworfen haben, nach. Es ist möglich, daß ein Freund von Hale Cosgrove überfallen hat.«

Richard verstand nicht. Meinte Forrest, daß er gehen konnte? Er wollte sich keiner neuen Hoffnung hingeben. Aber er erwiderte: »Ich wollte Ihnen noch sagen, daß wir ebenfalls ermitteln, Freunde von mir, Rechtsanwälte, Buchhalter, Geschädigte.«

»Und ich bitte Sie nochmals – wenn Sie irgendwelche Fakten haben, dann teilen Sie sie mir mit!«

»Wenn wir welche haben.«

»Gut, Mr. Ross. Und nochmals besten Dank, daß Sie gekommen sind.«

Richard stand auf. Er zögerte, argwöhnte einen Trick. Er ging langsam zur Tür.

»Er ist übrigens nicht tot«, sagte Forrest, »nur schwer angeschlagen. Er liegt noch im Krankenhaus.« Er hatte sich auf seinem Stuhl umgedreht und beobachtete Richard.

Richard wußte, daß ihm die Erleichterung im Gesicht geschrieben stand. Er war kein Mörder. Seine Augen begegneten denen Forrests. In Forrests Augen blitzte es auf. Dann sah Richard die Falle – er hatte von Cosgrove in der Vergangenheit gesprochen. Er mußte etwas sagen.

»Das freut mich.«

»Er behauptet, er hätte seinen Angreifer nicht gesehen«, bemerkte Forrest. »Wollen Sie ihn besuchen?«

»Nein.« Richard wandte sich wieder der Tür zu.

»Oh, Mr. Ross.« Richard blickte zurück. »Wir werden ein Auge auf Sie haben – in aller Freundschaft.« Zum erstenmal lächelte Forrest ein wenig.

»Danke«, sagte Richard.

Er ging hinaus. Die Erleichterung war ungeheuer. Forrest wußte Bescheid, genau wie Laura, doch Forrest ließ ihn an der langen

Leine. Es war kein Mord verübt worden. Er hatte das Gefühl, daß Forrest auf seiner Seite stand. Selbst seine Erkältung war plötzlich nicht mehr so schlimm.

Erst als er seinen Wagen in der Firma parkte, traf es ihn. Cosgrove hatte gesagt, er habe seinen Angreifer nicht gesehen. Warum? Richard warf einen Blick über seine Schulter. Es war eine kindische Reaktion. Cosgrove war ja noch im Krankenhaus. Aber er würde nicht immer dort bleiben.

Mit den korrupten Geschäften hatte es jetzt nichts mehr zu tun. Cosgrove hatte es auf ihn abgesehen, er wollte Rache, und eines Tages, bald schon, würde er aus dem Krankenhaus entlassen werden. Wieder warf Richard einen Blick über die Schulter, ehe er in den Lift stieg.